산자 농원

산자 농원

정준화 지음

하움

시작하는 글

시는 '누구나 읽을 수 있고, 누구나 쓸 수 있다'는 말에 만용을 부려 시라고 쓰고는 있지만, 쓸수록 아득해지고만 있습니다. 결국 '시는 아무나 쓰는 것은 아니다'라는 결론을 얻었지만, 이미 버릴 수 없는 소일거리가 되었습니다.

이번에 『산자 농원』이라는 시집을 기획하고 있습니다. 제가 살아온 삶의 부분 부분을 되돌아보며, 반성하고, 후회도 하고, 그대로를 받아들이며, 의미를 부여하기도 합니다.

사람의 몸에 대해 공부하고 지키는 일로 살아왔으며, 감성-정서의 영역에 친숙해지고자 시(詩)를 탐색하였고, 이제 내 영혼이 영성으로 다가갈 나이가 되었습니다.

내 나름대로 살아온 삶이기에 외부 평가에는 관심이 없으나, 나의 시상(詩想)에 대한 이해를 돕기 위한 설명은 필요할 것 같습니다.

* * *

삶은 몸과 마음으로 이루어진다. 몸은 물질에 기반하고, 마음은 영혼으로 상승한다. 몸은 스스로의 내부에서 뻗어 나오는 생명의 힘으로 사는데, 물질에 생명을 부여하는 것은 비물질적인 영혼이다. 이렇게 보면, 영혼은 몸과 마음을 아울러 움직이는 최상의 원리다.

몸은 과학에 기대어 논리적으로 설명되는 바가 많지만, 마음은 이를 벗어나는 감성과 정서의 영역을 품어, 예술성 및 영성의 차원으로 고양되기도 한다. 삶의 표피는 합리적 사유로 파악되지만, 그 내면 깊은 곳의 영성(靈性)은 이러한 인식의 영역을 벗어난다. 기껏해야 철학적 상상으로 해석될 수 있을 뿐이다.

나는 외부의 정보를 받아들여 이를 고유화함으로써 독자적 개체로 성장해 왔다. 낯선 정보도 익숙해지면 안도감을 느끼지만, 익숙하지 않은 정보로 가득 찬 환경은 거북하고 불편하여 긴장과 갈등을 일으

킨다. 물론 낯선 환경에 대한 호기심은 거부할 수 없다.

내가 편안하려면 나와 동질적인 요인들로 채워지는 생활의 반복이 필요하지만, 내가 성장·발전하려면 낯선 환경에서 내가 가지지 못한, 나와는 이질적인 얻는 과정이 필요하다. 나에게는 나와 다른 정보가 필요하듯, 다른 사람에게는 그들과는 다른 나의 정보가 필요할 것이다. 그들과 나는 서로 다른 정보를 나눌 수 있다.

정보 수집으로 출발하는 경험의 궁극 목표는 영혼의 형성이다. 영혼은 경험의 총화로 이루어지는 실존적 삶의 궁극에 자리한다. 영혼은 빛, 소리, 접촉 등, 감각의 다양한 경로를 통해 몸에서 몸으로 감성적으로 전달될 수도 있고, 언어에 담기는 뜻을 매개로 마음에서 마음으로 이성적으로 전달될 수도 있다. 감성적 전달엔 청각이 더 적합하고, 이성적 전달에는 뜻을 실어 나르는 말이 불가결하다. 언어로 전달된 뜻은 농축되어 몸에 저장된다. 몸은 저장된 뜻에 따라 변화하기도 하고, 타인에게 전달되어 그 몸에서 되살아(부활)나기도 한다.

소리의 전달에 음악이 효율적이고, 말의 전달에 시가 효율적이다. 시는 삶의 외연에서 일어나는 현상들의 의미를 찾아 언어로 번역하는 작업이다. 시는 개체적 영혼이 파악한 영성의 압축된 표현 수단이다. 각자는 서로 다른 삶의 혼을 가지고 있다. 모두는 서로 다른 삶을 표현하며, 서로 다른 정보를 교환하며 공감, 축적, 발전하는 것이 유익하다.

물질적 삶의 외면을 쫓아다니는 일은 지난하고 암담한 일이다. 차라리 물질의 내부에서 영성이 다가오기를 기다리는 것이 더 지혜로운 전략일 수도 있겠다. 내부로 깊숙이 파고들어, 줄기 밑동에, 뿌리에, 움켜쥔 흙 속에 웅크리고 엎드려, 다가오는 영성을 기다려 보기로 한다.

나는 나의 삶으로 온갖 정보를 모아 나의 영혼을 형성해 왔다. 이제 나의 삶을 드러내 보이려 한다.

목차

시작하는 글   4

옥상의 장닭   14

쓸모를 찾아서	16
닭 애기	17
양작장(養雀場)	18
참새와 장닭	19
인공 닭	20
옥상의 장닭	21
유복란	23
유복 병아리	24
유복 병아리(2)	25
잔반 처리 공정	27
알 품기	28
위탁 부화	29
고소장	30
해명서	32

산자 농원   34

바람의 뿌리를 찾아서   36

산자 농원   37

황무지 1   38

황무지 2   39

황무지 3   40

판결문   42

삽   44

괭이   45

곡괭이   46

쇠스랑   47

호미   48

낫   49

상치 솎음   50

제초   51

제초 매트   52

나무 심기   53

산자나무 심기   54

산자나무 구출하기   55

쓰러진 나무 세우기   56

산자나무 길들이기(가지치기)   57

한삼덩굴로 살아가기   58

앞산   59

창허(蒼虛)   60

개미탑(蟻蜂)   61

관음산(觀音山)   62

야미천   63

비박(Biwak)   64

아미리 축제의 밤   65

엉겅퀴 농장 1   66

엉겅퀴 농장 2   67

엉겅퀴 농장 3   68

냉이꽃   69

옥수수   70

갈아엎기   71

잡초   73

입동(入冬)   74

첫눈   75

황도(黃桃)   76

돌탑 쌓기   77

노을   78

껵꽂이   79

잣나무 숲   80

냉이   81

해바라기   82

칸나   83

맨드라미   84

겨울 열매   85

늙은 호박   86

고구마   87

그들의 삶   88

헌집   90

헌집   92

돌아가는 길   100

돌아오는 길   102

면도   103

산정 폭포   105

미친 물   106

지갑   107

수박   108

백내장   109

미안수(美顔水)   110

그림자 밟기   111

움직임   112

새끼발가락   114

심박(心搏)   115

치매 위한 노래   116

서○자   117

부고(訃告)   118

수목장   119

앞서가는 사람   120

시인의 목마름(나오며)　　　122

1. 뜻　　　　　　　　　　　　　　124

2. 결핍　　　　　　　　　　　　126

3. 충족　　　　　　　　　　　　131

4. 충족될 수 없는 결핍　　　　140

옥상의 장닭

쓸모를 찾아서

나이가 들어감에 근육은 줄어들고 기억력도 흐려진다.

짐을 지기도 수월치 않고 먼 길 가기도 마땅치 않아, 이리저리 쓸모가 없어져 간다.

생각이 굳어 뻣뻣해지니, 고집만 세지고 노염이 늘어나니, 맞서는 모두가 서럽고, 비어오는 주변이 스산하다.

돕는 사람이 되려 했으나 도움받는 사람이 되어간다. 모자라고 어리석음을 안 지 이미 오래되었으니, 지레 주눅이 든다.

몸이 낡아가고 정신이 흩어짐에, 혼(魂)은 오히려 맑아져 혼(魂)의 몫이 늘어난다. 혼을 확장하여 쓸모 있게 해 볼 일이다.

나무 심고 닭을 치고 개를 거두며, 어린 혼을 가꾸며, 절대 혼(魂)의 지위를 탐해본다.

모이를 챙기고 물을 주니 내 발소리만 듣고도 반긴다.

우쭐하다.

닭 애기

새벽 수탉 목청 뽑는 소란
암탉까지 유난히도 거들더니
애기 나왔다

작년 추석 일산 장에서
고향 이름이 반가와 사 온
연산 닭 병아리 5마리

모진 겨울 잘 넘기고
큰 탈 없이 잘 자라
첫 알 낳았다

며칠을 망설이며 바라보다
아침 밥상에 올렸다

밥 위에 얹히는 노른자를 보고는
가슴이 철렁하였다

양작장(養雀場)

흘린 밥알 주워 먹으라 혼내시던 할아버지와
깡통에 붙은 밥알을 떼어 먹던 어린 거지 눈의 기억으로
버려지는 잔반(殘飯)을 볼 때마다 마음이 불편하다

잔반 처리용으로 토종닭 다섯 마리 기르는데
때만 되면 동네 참새떼들이 새카맣게 몰려온다
잔반 처리 기능이 닭보다 못하지 않고
통통하게 살이 오른 모습이 예쁘다

기르기도 쉽고 부담도 없어
참새도 같이 기르기로 하였다

참새와 장닭

　정말 속상하다. 비료를 넣어주며 지지대를 세워주고 정성으로 길러내어, 청양고추 여린 새잎들이 예쁘게 나오고 있었는데, 하루아침에 참새떼의 먹이로 다 사라지고 앙상한 줄기만 남았다.

　식당에서 남아 버리는 잔반(殘飯)이 아까워 닭을 기르는데, 쌍문동 참새들이 모두 떼로 몰려온다. 난잡한 짝짓기를 하며 새끼들까지 데리고 와 모이를 가로챌 뿐 아니라, 텃밭 야채 상추 새싹들을 무차별 쪼아대며 배설물을 뿌리는 무례함과 난폭함은 더 참아낼 수 없다. 덩치 큰 장닭이 참새들을 혼내주면 좋으련만, 예쁘게 가꾸어진 닭장 안에서 풍성한 벼슬만 후들거리며 음식을 우아하게 양보하고 나누는 닭들의 터무니없는 너그러움도 짜증 난다. 자기 몫의 먹이는 스스로 지켜내려는 투지가 아쉽다.

　어설픈 허수아비 따위는 참새 놀이터가 될 뿐이다. 촘촘한 새그물을 구해서 닭장을 덮어 참새떼의 야만을 차단해 보려 하나, 어림도 없다. 어느새 그물망 벌어진 틈을 찾아내 비집고 들어와서 그들만의 축제를 벌인다.

　허수아비도 새그물도 다 치워버리고, 참새들도 잔반 처리 파티에 참여하도록 허용한다.

　같이 나누어 먹는 것이 좋다는 장닭의 여유가 그럴싸하다.

인공 닭

구렁이는 새알을 한입에 삼키고
어미 새는 애간장이 끊어진다

예쁜 닭이 힘들게 낳은 알을 먹기도 불편한데
손자 녀석이 부화기를 제안한다

부화기로 생긴 병아리는 인공 닭인가?
인공 닭의 알은 인공 알일까?

옥상의 장닭

가을에 온 약병아리
매서운 추위 거뜬히 이겨내고
늠름한 장닭으로 자랐다
황갈색 털에, 목과 꼬리엔 검은 깃
푸들푸들한 벼슬이 당당하고,
또렷한 눈알이 날카롭다

목을 뽑아 하늘로 보내는 소리가 도봉에 이른다
배와 가슴을 토하는 소리로 도시를 깨운다
아침이 밝아오고 새싹이 돋는다

아침에 자야 하는 건넛집 독신녀가 불쾌하단다
오만한 장닭을 없애라!

문명사회에서 살려면
제발 목소리를 낮추자고 설득해 봤지만
소용이 없었다

수탉이 떠나갔다

멀리 만장봉에서 장닭 소리 메아리치다 사라진다

살아 있는 소리가 없다

도시가 깨어나지 않는다

유복란

   그는 완벽한 수컷이었다.

   훤칠한 몸에 늠름한 자태 멋진 테너로 아침을 열었고 때로는 고양이에 맞서 물리치기도 하였다.

   그의 목청을 시기한 자가 그의 목을 요구하자, 매일의 양식을 주던 손이 그의 목을 비틀었다. 언제나 당당하던 그의 벼슬이 포악한 손에 비틀리는 모습은, 남은 암탉들에게, 슬픔과 두려움과 증오의 기억이 되었다. 식욕이 떨어져 먹지도 못하고 가슴이 답답하고 울적하였다. 가슴을 뜯어내며 볏짚 촘촘하게 엮고 가슴 털 깔아놓고 들어앉았다.

   노란 알 다섯을 품었다.

유복 병아리

수탉 잃어버린 후 남은 알 다섯
스무날이 넘도록 끌어안고
가슴을 앓아가며 품었는데
세 알은 씨가 없었고
하나는 알을 깨고 나오다 얼어 죽고
가슴을 졸인 뒤늦게 하나가 나와
삐약 삐약 삐삐약
가슴을 파고드니
가슴이 펑 뚫리고
속이 다 시원하다

유복 병아리(2)

　수탉 사라진 뒤 태어난 병아리
　제 애비 한 번도 보지 못했다

　눈 주위 검은 반점이 날카롭고
　꼬리와 양 날개 끝이 검은 깃이다

　겨울에 부화된 병아리는 실내 보온이 필요하다는 손주의 주장에, 종이 상자에 넣어 안방에 들여놨는데, 병아리는 밤새도록 울어대며 불안하고 초조하다.
　하룻밤 새우고 닭 우리로 데려가니, 제 어미를 단번에 알아보고는 삐삐약 삐삐약 기뻐하며 달려간다. 어미도 반가이 맞이하며 품 안에 안는다. 에미 품으로 들락거리며 에미가 골라주는 먹이를 받아먹으며 꼭 붙어 다닌다. 에미가 있는 동안은 추위 먹이 걱정 없이 살아남겠다.

　에미가 저를 품고 있는 동안 내내 두터운 알껍데기에 싸여서 있었는데, 어떻게 제 에미를 알아보고 저리 반가워할까? 혹 저에게 먹이

를 주는 내가 제 애비를 처치한 사실을 알게 되지는 않을까? 중병아
리가 되어가도록 제 에미 곁을 지킨다.

중병아리가 되어가니 깃털 무늬가 생겨나는데, 제 어미를 닮지 않
고 다른 암탉을 닮아간다. 저를 길러주던 어미도 이제 중병아리를 아
랑곳하지 않고 가끔 쪼며 괄시한다. 오히려 깃털 무늬가 같은 다른
암탉과 친해진다.

같음에 의지하되 다름을 추구하다.

잔반 처리 공정

병아리가 커지면서 먹성이 엄청 좋아졌다. 잔반 공급량을 늘려가니 쌍문동 참새들뿐 아니라 방학동 도봉동 참새들도 다 몰려오는 듯하다. 좋은 소문이 잘 났나 보다.

잔반을 늘려 주는데 날씨가 더워지니, 미처 소모되지 못한 잔반이 쉬었다. 아무리 닭이라도 쉰 밥을 먹으면 건강에 문제가 생길 수도 있겠다 싶어 따로 보관하고는 뚜껑을 느슨하게 덮어 놓았다.

한참 만에 생각나 열어보니, 잔반이 반으로 푹 줄어 있었다. 헤쳐 보니 통통한 구더기들이 바글바글하다. 닭들이 반기며 처리한다. 구더기는 쉰 잔반을 처리하고 닭은 구더기들을 처리하고 계란은 우리가 처리하며 잔반을 만든다.

자연 순환 처리 공정이다.

알 품기

막내 계희가 심상치 않다

식욕이 떨어진 듯 먹지도 않고
마음이 답답한 듯 가슴을 뜯더니
결심을 하였는지 들어앉았다

촘촘하게 볏짚 엮고
가슴 털을 깔아놓고

노란 알 다섯을
품고 앉았다

수탉 없는 무정란을 품은 모습에
보는 가슴이 안타깝다

위탁 부화

　암탉이 무정란을 품는다. 수탉이 사라진 지 이미 오래인데, 수정되지 못한 알을 품고 있는 모습이 안쓰러워 알을 빼 오지만, 한사코 먹지도 마시지도 않고 꼼짝 않는다.

　동두천 양계장에서 청계 수정란을 구해 넣어주었더니 밀어내 버린다. 자기 알을 다 빼내도 청계 알을 받아들이지 않았다. 자기 알 하나에 청계 알 네 알씩 둘러놓으니 그제야 청계 알도 같이 품어준다.

　버티길 꼬박 3주, 아침에 함지박 뒤에서 삐삐약 삐삐약 소리가 났다. 새까만 병아리 3마리가 종종종 뛰어다닌다. 어미 닭이 둥지에서 나와 새끼들을 먹이며 챙긴다.

하얀 햇살 아래 잊힌 무정란이 동그랗게 남아 있다.

고소장

고소인; 동물 학대 방지 무란 스님
피소인; 문명 닭장 주

  피소인은 음식을 낭비하여 쓰레기가 쌓이자, 이를 은폐할 목적으로 병아리 5마리를 길렀다. 그중 한 마리가 수탉으로 성장하며, 스스로를 드러내 보고자, 목청을 가다듬고 발성을 수련하며 도봉산을 향하여 기개를 뽐내는 것은 자연의 법에 당연하다.

  그 발성이 청아하고 우렁차게 멀리 뻗어 나가고 발성 시간이 해뜨기 전부터인 것 또한 자연스러운 일이나, 단지 거주지가 인간의 주거지와 중복되기에 인간의 삶과 맞지 않는다는 이유만으로 산속으로 추방당하여 들짐승의 먹이가 되도록 한 것은 자연의 섭리를 문명의 기준으로 판단 처리한 처사이다.

  그 수탉의 유복란 중 하나가 부화되어 수탉으로 자라며, 변성기를 지나 발성기에 들자, 다시 옆집과 충돌하게 되어 제 아비 닭과 같은 운명을 맞게 되었다.

  이를 피해 보자고 피소인은 수탉 코뚜레를 하거나 성대를 갈라 소리를 내지 못하게 하니, 수탉은 발성을 제대로 할 수 없을 뿐 아니라 암탉을 입으로 제압하지 못하여 수컷의 구실도 제대로 하지 못하게 되었으니, 살아도 산 것이 아니요, 있어도 있는 것이 아니게 되었다.

　이에 고소인은 피소인이, 자연의 삶을 개인적인 목적으로 억압하고 왜곡하였을 뿐 아니라, 문명법을 자연법의 우위에 두고 전횡한 오만을 범하였기에, 본 고소에 이르게 되었다.

2018. 08.

고소인; 무란

해명서

나는 수탉이었다.

붉고 풍성하게 푸들거리는 벼슬로 턱과 머리를 장식하고, 앞장서 목과 허리를 곧추세운 채 당당하게 걸으며, 많은 암탉을 거느리고, 단전에서 끌어 올린 바람으로 목 깊숙한 성대를 통해 머리를 뚫고 멀리 뿜어내는 울음은, 깊숙한 골로 온 산을 깨우고, 해를 일깨울 뿐 아니라, 팍팍 울리는 날갯짓은 모든 병아리의 외경의 대상이었다.

날카로운 눈매는 오만과 자존심의 표상이고, 굽은 발톱과 부리는 흙 속에 숨어든 뭇 벌레들에게 공포의 대상이었으며, 억세게 펄럭이는 날갯짓은 웬만한 고양이나 강아지들을 제압할 정도였다. 굳센 가슴과 덩치를 뽐내며 당당하게 걸었다.

체격이 비대해짐에 새의 신분으로 하늘을 날아오르지 못하게 되어, 장독대나 울타리밖에 오를 수 없음은 몸을 단련하지 못한 탓으로, 조상님들을 원망할 수밖에 없겠다.

날아오르지 못하면서 집이 필요하였고, 혼자 버티기 힘들어져 마을이 필요하였다. 마을에 살게 되며 목청을 뽐낼 수 없게 되었고, 집에 갇혀 살게 되었다.

버려지는 것이 아니라 내가 떠난다. 산짐승의 먹이가 될지언정, 노

래라도, 깃털이라도 멀리 날려보고자, 인간 마을 옥상의 닭장을 벗어
나 산으로 간다.

산자 농원

바람의 뿌리를 찾아서

바람을 잡으려, 뿌리를 찾는다.

바람은 흔적이 없으나, 그 뿌리는 단단하다.

힘을 쓴다는 것, 몸으로 무엇을 얻고 지키는 일은 훌륭하다.

거친 흙을 뒤집으면서, 혼의 뿌리를 찾아본다.

몸은 밖에서 들어왔고 생각도 밖에서 들어온다.

밖에서 들어온 생각들을, 몸으로 한 번 걸러 되보내려 한다.

바라기는 하나, 집착하지는 않는다.

삶을 키우는 일이, 잘못하는 것은 아니다.

산자 농원

산자(酸刺)나무는 빙하시대 이후 최초로 지구상에 정착하기 시작한 식물로, 추위에 강하고 원기 왕성하여 끊임없이 투쟁하며 정착하는 극한 상황을 즐기는 식물로, 개척 정신이 투철하다.

작고 새콤달콤한 연분홍색의 열매는 왕성한 가시로 보호되고 있어 접근하기 어려우며, 무성하고 날카로운 가시는 길고 강인한 가지로 자란다.

비타민이 풍부하여 비타민 나무라고도 불리고 있으며, 히말라야 산악지대에서는 자생하는 열매를 약용으로 쓰기도 하며, 몽골 지대 불모지에 조림하여 사막의 확장 기세에 맞서는 식물로 쓰이기도 한다.

척박한 토질과 무성한 잡초로 인한 농업 부적합 토지를 개척하는 용도로 적합한 나무로, 야만을 극복하는 문명의 한 방편으로 유용하다.

고추도 심어보고, 배추도 심어보고, 고구마도 심어보았으나 도무지 길들일 수 없는 황무지에 산자나무를 심어 키워보기로 한다.

결과보다도 과정이 더 재미있다.

황무지 1

    관음산 자락 계곡 옆으로 작은 하천 부지 있어, 물에 씻기고 바람에 닦이며 앙상한 돌, 자갈만 남아 능선에 의지하고 있다.

    여름철 폭우에는 계곡물이 넘치기 일쑤이고, 산비탈에서 쏟아지는 물로 부드러운 흙은 모두 씻겨 내려가, 바위와 자갈만 깔려있다.

    지나가던 꿩, 산비둘기가 잠시 들러보았다간 그냥 날아가 버리곤 한다. 맨 가슴을 그대로 드러내고 있으니, 풀씨 하나 안심하고 마음 붙이질 못한다.

    다정한 햇살도 따가운 상처가 되고, 겨울 바위는 얼음보다 차다.

    없는 것만 있는 곳, 아무도 마음 붙일 자리가 없다.

    늙은 할머니 둘이 자갈 틈새를 일구며 고추 묘를 심고 있다.

    고추는 할머니 발소리와 돌 오줌만 먹고도 맵게 자란단다.

    감출 것도, 숨길 것도 없다지만, 원래의 모습도 아니다.

    거칠다고 솔직한 것은 아니다.

황무지 2

　한때는 통통하고 부드러운 둔덕도 있었겠지만, 비에 씻기고, 바람에 날리고, 강퍅(剛愎)한 돌자갈만 남았다. 물도 고이지 못하고, 흙도 견디지 못한다.

　자갈 틈을 찾아 고추, 옥수수 농사를 지어 보았지만, 제대로 뿌리를 내리지 못한다.

　차라리 자갈밭을 버리고, 산비탈로 올라가 흙이 조금 붙어 있는 곳을 일구어 고구마를 심어보나, 새순은 고라니가 잘라 먹고, 근근이 살아남은 뿌리는 멧돼지 간식거리이다.

　부드러운 가슴으로 품어주지 않는다면, 버텨 낼 재간이 없다.

황무지 3

자연 그대로가 좋다고는 하지만, 야만은 불편하다.

나름 정성을 다해 달래도 보고, 얼러도 보았으나 거친 마음이 열리질 않는다.

부드러운 흙을 덮어 거친 야만성을 숨겨 보기로 한다.

양문-연천 간 도로를 만드는 창수면 공사장에서 포클레인이 산을 깎는다. 거인의 손 같은 포클레인 날이 언덕을 위에서 푹 찍어 누르면, 언덕을 이루고 있던 흙이 뭉텅, 무너져 내린다. 망연히 서 있던 도토리나무, 철쭉나무가 스러져 뭉개진다.

거인의 손으로 붉은 흙을 퍼 올려, 엉덩이를 디밀고 있는 트럭에 옮겨 붓는다. 열 번을 되풀이하여 옮기니 트럭에 수북하게 쌓인다. 꾹꾹 눌러 다지고는 돌아선다. 엉치-등에 생흙을 듬직하게 얹은 트럭은 뿌듯하고 대견한 마음에 의기양양하여 야미리 쇳골 자락으로 온다.

붉은 흙을 트럭으로 실어 나른다. 창수면 언덕을 깎은 흙으로 관음산 쇳골 자락을 메운다. 새로 만든 도로를 달려온 트럭이 꽁지를 위로 하고 산자락으로 뒷걸음치다가는 허리를 펴면서 등에 지고 온 흙을 쏟아 부린다. 기다리고 있던 작은 포클레인이 흙을 받아 달래면서 다독거린다. 트럭 30대가 들락거려서야, 창수면 언덕이 야미리 쇳골로 옮겨졌다.

강포(强暴)한 돌자갈만 있던 밭이, 부드러운 흙에 덮여 온순해 보인다. 강포한 성격을 삼가고 감출 수도 있어야 밭다운 밭이 된다.

판결문

피고 정준화는 피고가 그 토지를 취득하기 이전부터 살고 있던 늙은 밤나무가 피고의 토지를 점유하며 주거를 그늘지게 하고 별 이득도 주지 않으면서 밤송이들만 남발하여 피고의 가족들을 위협하고, 특히 손자들이 맨발로 뛰어놀 자유를 제한한다는 이유만으로 전기톱으로 밑동을 잘라내고 트랙터로 쓰러뜨리며 몸통을 토막 내고 쪼개어 바짝 말린 사실이 인정된다.

그 밤나무는 피고가 태어나기도 전부터 그 자리에 있던 생명체로서 많은 밤을 생산하여 사방에 번성케 하며, 수많은 사람, 특히 배고픈 어린아이들을 행복하게 해주었을 뿐 아니라, 둥치에 기대어 어머니와 할머니를 기다리던 아이들을 위로해 주기도 하며, 못 이룰 사랑들의 약속과 이별의 장소로도 기여하는 바 적지 않았다.

밤나무가 피고를 직접적으로 해롭게 한 사실 정황은 전혀 없었으며, 단지 늙은 탓으로 그 열매를 많이 주지 않았다거나, 밤송이 가시가 피고의 손자들을 찌를 수 있겠다는 예단만으로 이를 베어내는 것은 엄연한 횡포이다. 더구나 절단된 밤나무는 하늘이 특별히 사랑하시고 선택하시어 태초부터 이어져 내려오던 밤의 종자로, 싹이 트기 전부터도 물과 바람과 햇볕을 보내주며 정성껏 보살피던 나무로, 이를 베어내는 것은 하늘의 뜻을 그르치는 행위라 할 것이다.

　피고는 하늘의 뜻을 거스르며 타자의 생명을 박탈하는 죄를 지었기에 하늘의 벌을 받아 마땅하나, 비록 이기적이고 왜곡되었다 하더라도 그 잘못이 손자들을 아끼는 마음으로 비롯한 부분은 하늘의 뜻을 크게 그르치지는 않는 것으로 판단하여, 다음과 같이 선고한다.

1) 피고는 멸실한 밤나무의 씨를 구하여 10그루 이상 양지바르고 물이 좋은 양질의 토지에 심고 잘 자라도록 10년간 보살핀다.
2) 피고는 잘린 밤나무 밑동치에서 배어 나오는 슬픔들을 찾아내고 닦아주는 일에 헌신한다.
3) 피고는 새로운 생명체가 태어나고 자라는 것을 보살피는 데에 여생을 바친다.

2017. 5. 3.

판사 정준화

삽

골을 치다 가슴을 헤쳐 푼다.

평탄하고 아무 일도 없는 듯 부드러운 흙에 얇은 삽날을 지긋이 대고 눌러본다. 삽날은 조금 들어가는 듯하다가는 이내 흙의 완곡한 저항에 막히어 멈춘다. 조금 더 힘을 주어 눌러보나 더 이상 들어갈 수가 없다. 삽 손잡이를 잡고 삽 어깨를 발로 힘껏 밟으니, 그제야 푹 하며 저항이 죽으며 삽 면 전체가 흙 속에 박힌다.

손잡이를 꺾으며 흙을 뒤집자, 깊숙이 묻혀 있던 흙의 맨살이 드러난다. 흙의 얼굴은 삽의 얼굴을 닮았다. 흙은 삽의 지배를 받는다.

창졸 간에 변을 당한 땅강아지 한 마리가 황급히 숨을 곳을 찾아 달아나고, 허리가 잘린 거대 지렁이는, 졸지에 두 마리로 갈라져 꿈틀거리며 제각기의 길을 간다.

뒤집힌 흙은 따뜻한 봄 햇살에 볼을 맡기고, 잣나무 숲 사이로 내려오는 바람에 위로를 받는다.

때로는 가슴을 열고, 깊숙이 묻혀 있던 속살을 드러낼 필요가 있다.

괭이

　시간은 가슴을 멍들게 한다. 멍든 가슴은 깊숙이 묻힌다. 자갈돌로 꽁꽁 덮인 흙은 삽을 받지 않는다.

　삽날의 폭을 좁게 하고 90° 구부린 괭이는 흙을 찍는다. 침입을 막는 돌자갈을 제거하는 것이 우선이다. 손잡이를 양손으로 넓고 길게 잡고, 오른팔로 머리 위까지 들어 올린 후, 멀리 뿌려 주면서 왼팔로 구심력을 주어 날이 지면에 90°가 되도록 당겨 찍는다.

　자갈 사이로 괭이 날이 흙을 파고 들어가고, 낮춰진 괭이 잡이를 지렛대로 세우면 슴베 부분이 축이 되어 흙을 긁어 올린다. 단단한 표면이 제거된 흙이 속을 드러내 보이기 시작하면 의외로 깊은 마음을 쉽게 털어놓는 수도 있다.

　마음 안으로 들어가려는 노력은, 조금씩 천천히 끈기 있게 한다.

곡괭이

단단히 닫힌 흙은, 어설픈 침입을 허용하지 않는다.

침입할 수 없게 되자 괭이의 뒤통수에 뿔이 솟았다. 곡괭이 날은 괭이 날보다 더 좁고 강력해지고, 뿔은 외뿔로 굵고 무겁다.

곡괭이 외뿔을 흙 속 깊숙이 내리박으면, 웬만한 자갈은 깨지거나 물러나든지 한다. 표면에서 부딪친 돌자갈에서는 파랗고 하얀 불꽃이 튀기도 한다. 버텨내기 어려운 큰 충격으로 쩡! 하는 울음소리가 울리기도 한다.

가슴 속 깊은 마음이 표면 위로 올라올 때는 깊은 물이 터져 나오기도 한다. 더 깊고 슬픈 울음은 옹달샘이 되어 흐르기도 한다.

모든 옹달샘은 가슴 깊은 속 울음이 흘러나오는 곳이다.

쇠스랑

뜻은 하늘에서 내려오고 힘은 땅에서 솟아오른다.

부슬비 내린 뒤의 땅은 특히나 부드럽고 강력하다.

흩어진 마음은 달래줄 필요가 있다.

쇠스랑은 두 손의 손가락들을 모두 활짝 펴고 긁어모으는 모습이다. 손가락 사이로 굵은 자갈을 걸러내면서 뒤집힌 흙을 골라준다. 잔가지, 풀 찌꺼기, 잔돌까지 긁어서 옆으로 치우면, 부드러운 흙이 곱게 덮인 모습이 단정하고 말쑥하다.

씨를 받아 키울 준비가 되어 있는 흙의 모습이 섹시하다.

호미

호미는 할미를 꼭 닮았다.

쪼그라든 몸에 허리는 바짝 꼬부라지고, 가냘픈데, 입은 뾰족하니 날카롭다. 움직임은 작아도 빠르고 정확하다.

곡괭이, 삽이, 큰일을 해놓은 듯 위세를 부려도, 호미가 나서지 않으면 마무리가 안 된다. 뾰족한 입부리로 흙을 콕콕 찍으며 흩기도 하고, 숨겨져 있던 민들레 뿌리, 냉이, 쑥들도 콕 찍어내며, 밭을 준비한다.

평생을 쪼그리고 앉아, 새 씨를 받을 밭을 응원하며, 바지런하게 먹을 것을 장만하던 할미의 손가락도 호미를 닮아 꼬부라졌다.

낫

칼은 밖으로 베어내고 낫은 안으로 베어들인다.

제아무리 좋은 것도 제 자리에 있지 않으면, 쓸모가 없다.

무성해진 풀들을 설득할 수 없다. 뿌리를 캐낼 수도, 뽑아낼 수도 없어, 선 채로 허리를 자르기로 한다. 날카롭게 간 날을 옆으로 눕혀 휘두르면, 풀들은 뭉청뭉청 쓰러진다. 악착같던 기세와는 달리, 별다른 저항도 못 하고 맥없이 쓰러진다.

낫은 절대 강자로, 금세 풀들을 다 제압할 기세지만, 풀들은 끝도 없이 솟아 있다. 아무런 저항을 못 하는 풀들이 모여서, 도저히 감당하기 힘든 풀밭이 되어 있다. 자르고 돌아서면, 잘린 허리에서 새 풀이 솟아난다.

밭은 이미 잡초들의 세상이다.

상치 솎음

성애 가신 흙에 흩뿌린 상추 씨
얇게 덮은 흙 홑이불 위로 봄 햇살 내리더니
하늘에서 비가 내린다

무슨 말이 내렸나 무슨 일이 있었나
옥상 밭에 올라보니
그새 상치가 바글바글하다

솎음 겸으로 한 조랭이 뽑아 상에 올라
한입 씹으니 등이 찌릿하고 따뜻해진다

제초

풀도 어릴 때에 다스려야 한다

8월이면 풀이 여문다

낫 날이 먹질 않는다

7월이 가기 전에 풀을 제압하여야 한다

방심한 사이에 산국화 숲이 가슴에 닿게 자라 있다

낫을 휘두르며 전진한다

몸과 몸이 부딪는다

생각만으로는 쓸모가 없다

제초 매트

농사는 풀과의 싸움이다.

꽃도, 나무도, 풀도 모두 제 나름 몫이 있지만, 심어 키우는 목적물 외는 모두가 잡초이다.

베어도 뽑아도 끝없는 풀밭에, 날 힘의 한계를 느낀다. 빛도 바람도 들지 못하는 비닐 매트를 덮어씌운다. 빛을 받지 못하는 풀들은 하얗게 죽고 바람을 맞지 못하는 땅은 노랗게 시든다.

세상을 바꾸니, 스스로 스러진다.

나무 심기

언 땅에 몸을 웅크리고
하늘의 뜻을 묻는다

하늘을 맞으려면
뿌리가 흙에 묻혀 있어야

땅의 뜻을 모아 새순으로, 새잎으로 높이 뻗쳐
사랑받기는 어려우나, 사랑하기는 쉬워

곡괭이로 찍고, 삽으로 뜨고,
호미로 긁으며, 뿌리를 펼치고,
물을 담으며, 흙을 되메운다

산자나무 심기

나무를 심는 자세는, 등을 구부리는 자세
신을 만나 경배하듯

새들을 기쁘게 하는 것이 나무의 행복
나무는 열매를 가지지 않는다
멀리 퍼지길 바랄 뿐

산자나무 구출하기

한삼덩굴은 그렇게 살아가도록 태어난다.

한 뿌리에서 대여섯 꼭지씩 자라나, 스스로 서 보려는 노력은 아예 해보지도 않는다. 은밀히 바닥을 기어다니다가 땅에 처진 나무줄기나 길쭉하게 자라는 개망초를 타고 올라, 옆의 나뭇가지로 옮겨 간다. 스스로 서는 힘이 필요 없기에, 힘들이지 않고도 10m씩 자란다.

나뭇가지를 잡으면 줄기를 왼쪽으로 칭칭 감으면서 올라간다. 한 덩굴이 나뭇가지를 잡았다는 소문이 나면 다른 여러 덩굴이 몰려와 서로 감아 올라가 나무를 뒤덮는다. 모가 진 줄기에는 잔가시가 거꾸로 빼곡히 나 있어서 아래로 미끄러지질 않는다. 가지에서 가지로 옮겨붙으며, 나무 전체를 덩굴 그물로 덮어씌운다. 산자나무는 한삼덩굴에 뒤덮여 그 형체를 알아보기도 힘들게 짓눌리며 죽어간다.

나무 위에서 덩굴을 걷어내려면 만만치가 않다. 여러 가닥으로 무성한 덩굴이 나뭇가지를 칭칭 감고 있으며 잔가시가 아래쪽을 향해 촘촘히 나 있어서, 밑으로 훑어 내릴 수가 없다. 뿌리 쪽의 줄기를 자르고, 오른쪽으로 풀어가며, 중간중간 자르면서 위로 훑어 올려야 한다.

짓누르는 한삼덩굴에서 벗어난 산자나무는 처서의 따가운 햇살과 바람에, 잎과 가지를 활짝 펴고 흔들며 기뻐한다.

쓰러진 나무 세우기

살다 보면 처지는 가지가 생긴다. 쑥부쟁이 줄기 따라 오르던 한삼덩굴이 처지는 가지를 타고 올라 나무 전체에 번진다. 한삼덩굴이 당긴 가지에 칡덩굴도 타고 오른다. 나무는 덩굴이 당기는 쪽으로 쓰러져 아주 옆으로 누웠다.

한삼덩굴, 칡덩굴의 줄기를 잘라내고 낫으로 토막 내며 걷어낸다. 땅으로 쓰러진 나무 둥치를 끌어 올리며 반대쪽으로 일으켜 세운다. 오히려 반대쪽으로 누울 정도로 밀어낸 뒤에 바로 세우며 고추 대를 지지대로 버틴다.

둥치를 바로 세우고는 뿌리 흙을 다져준다. 처진 가지는 추후에 잘라주기로 한다.

산자나무 길들이기(가지치기)

산자나무 5년생이 제법 크다. 쓰러지면 지지대로 받쳐 세우고, 주변 잡초 뽑아주고, 죽지 않고 크기만 바랐더니, 너무 제멋대로 크는 바람에 버릇이 없다. 울창하여 서로 뒤엉키고, 바람도 통하지 않고 햇볕도 고루 비추지 못하여 모양이 틀어진다. 균형을 잃고 비틀려 밭 모양까지 망가진다.

위로만 자라는 새 줄기는 손끝 높이에서 잘라준다. 무릎 아래에서 뻗어 나온 줄기는 톱으로 잘라낸다. 옆으로 뻗어 나와 아래로 처지는 줄기도 잘라준다. 안으로만 파고드는 가지를 잘라주고, 서로 바짝 붙어 싸우는 가지도 제거한다. 엇갈려서 부딪치는 가지, 밑으로 처지는 가지, 서로 화해가 안 되는 줄기도 잘라준다.

아깝다 생각이 들어도 사정없이 가지를 치고 나니, 빈 소쿠리 엎어 놓은 모양이 되었다. 바람도 잘 통하고 햇볕도 골고루 잘 들어, 균형 잡힌 모습이 아름답고 씩씩하다 잘 자라 많은 열매를 맺겠다.

가끔씩은 가지치기를 해주어야 삶의 모양이 갖춰진다.

한삼덩굴로 살아가기

　나는 너를 사랑하는데 너는 왜 자꾸만 말라만 가니?

　치열하다.

　두엄 한 바가지면 충분하다. 예쁜 모처럼 태어나, 가는 줄기로 땅 위를 기다가 만만하게 자라는 국화 줄기를 만나거나, 땅 위로 늘어진 가지를 만나면 가까이 다가가 몸을 기대보다가 슬그머니 왼돌이로 감아 오른다. 잎 가지를 감기 시작하면 거꾸로 난 털과 가시로 쉽게 미끄러지지 않으며, 주변의 다른 줄기들도 따라와 떼로 나무를 덮어 씌운다.

　한 줄기라도 산자나무를 올라타면, 올라탄 덩굴을 따라 다른 덩굴들이 몰려와 같이 오르고, 제법 풍성한 한삼덩굴 뭉치의 축제가 꾸며진다. 덩굴로 뒤덮인 산자나무는 짓눌리고 비틀리나, 한삼덩굴이 알 바가 아니다.

　나 잘 살자고 하는 짓이, 남 못살게 구는 일도 있다.

　스스로 힘으로 홀로 서서 살려는 시도는 애초부터 하지도 않았다.

앞산

풀은 허릿심으로 벤다
풀을 베다 허리를 펴니 앞산이 푸르다
올라가 살펴보고 싶다.

산을 오른다는 건방진 생각,
살펴본다는 오만한 생각,
종주한다는 터무니 없는 생각,
정복한다는 황당한 생각

산이 수굿이 내려 보다 품어준다
산은 푸른 기운이다
기운을 말로 가두려는 것은 어림도 없는 망상

창허(蒼虛)

파란 하늘에 구름이 있다가 사라진다

아무것도 없다

검은 하늘엔 별들이 가득하다

빛이 오르니

다시 아무것도 없다

푸른 기운만 그득하다

개미탑(蟻蜂)

여치 한 마리 날아간 자리에

모래알 하나 흔들리다 굴러떨어진다

모래알보다 작은 개미가 모래알을 다시 올리고 있다

언제부터 쌓았는지 모래 탑이 제법 도도록하다

탑은 토목 건설 폐기물이다

개미는 굴을 만드는 중이다

여치는 쌓아 올린 탑을 보지만, 개미는 흙 속의 굴을 살핀다

가슴 깊은 곳까지 뚫린 구멍이다

그들은 가슴 깊숙이 뚫린 구멍으로 왕래한다

굴은 어둡고 눅눅하나 슬픈 것만은 아니다

개미탑은 가슴 깊숙이 파 들어간 굴의 건설 폐기물이다

관음산(觀音山)

모든 것을 볼 수 있고, 보아야 알 수 있어

소리도 보겠다는

관음산

아침 해는 어린 새들의 재촉으로 솟아오른다

날이 밝으면 눈이 환해지고, 눈이 밝아오면 길이 보인다

바로 가기 위해서 멀리 보고,

멀리 보기 위하여 높이 오른다

높은 산에 올라 어디로 가야 할지 가늠해 본다

눈을 감고 소리를 들으면 바람결이 보인다

허공을 흐르는 바람을 잡는다

바람을 잡아 뭉쳐 덩어리로 만든다

산 아래로 팔매질하면 나뭇잎 위로 스쳐 미끄러진다

알 수 있다고, 다 보이는 것은 아니다

야미천

산은 깊숙이 슬픔을 감추고 있다
관음산 계곡 높은 곳에 옹달샘 있다
샘은 깊은 가슴에 뚫린 구멍이다
숨겨 놓았던 슬픔이 터져 나오는 곳이다

캄캄한 밤이면 옹달샘은 더 크게 운다
샘물은 어두운 밤에도 흘러나와 가야 할 곳으로 간다
아무리 캄캄해도 어디로 가야 할지를 안다

울음이 합쳐지면 노래가 된다
노래를 부르는 것은 자기 자신을 위로하기 위해서이다
스스로를 위로할 줄 알아야 오래갈 수 있다
개울은,
슬픔을 노래할 수 있어, 위로받으며, 변하며, 멀리 간다

비박(Biwak)

먼 길 가는 다리는 가늘고 길다

쉬지 않고 걷는 몸은 야위고 마른다

야윈 몸이 풀 위에 눕는다

벽도 지붕도 없이 바람을 덮고, 잠이 들었다

눈을 감고 귀를 닫고 애초의 모습으로 흙에 누우면

숲이 하늘에서 내려오고

달과, 별과, 바람이 몸 위로 내려와

빛이여, 성스러운 냄새여, 에워싸고 둘러싸는 소리여,

몸을 올려 드러내는

꿈에서라도 세상이 변하면, 깨어서도 다른 세상을 살게 되어

살아온 세상에서 살아갈 세상으로

봉헌(奉獻)되는 몸

누워서 하늘을 보는 축복

눈감고 별을 보는 행복

아미리 축제의 밤

사람이 눈을 감는다
모든 것을 볼 수 있고, 보는 것이 모든 것이라 믿는
눈을 감으니 귀도 닫히고 살도 잠든다
숨은 밖으로 나와 혼이 되고, 삶은 안으로 들어가 꿈이 된다

이슬이 내리는 숲
숲의 영이 내리는 언덕에 달의 꿈이 엉긴다
달 꿈 따라 별이 내리고, 별길 따라 부엉이 노래 들린다
성질 급한 진달래, 개나리, 벚꽃, 목련부터 춤추기 시작하고
민들레, 패랭이, 오랑캐꽃, 냉이꽃이 내달린다
저들이 곯아떨어졌으니, 세상은 이제 우리 판이라
한 판 흐드러지게 놀아 보자

저들은 저들 꿈 꾸고 우리는 우리 꿈 꾸고
보고 느끼고 알아야 가는 길도 있고
가다 보면 알아지는 길도 있으니
춤추며, 노래하며, 놀면서 가자
모두의 가슴을 활짝 열어 시원한 밤바람에 말리며

엉겅퀴 농장 1

잡초를 없애는 일이 참으로 어렵다

일일이 뽑고 자르고 파내 보아야 도저히 감당이 안 된다

제초제를 쓰기는 싫고

손으로 다 제거할 수도 없어

그만 포기, 방치해 버렸다

대번에 잡초밭이 되었다

쑥, 냉이, 씀바귀, 질경이, 당귀, 엉겅퀴,

가시오가피, 익모초들의 축제장이 되었다

모두가 먹어 보았던 풀들이다

몸에 좋은 약초로도 이름을 날리고 있다

그중 잎이 씩씩하고 꽃이 예쁜

엉겅퀴를 기르기로 하였다

엉겅퀴 농장 2

엉겅퀴 꽃은 여러 개의 작은 초롱꽃들이 빽빽이 모여 송이를 이룬다. 꽃이 시들면서 하얀 씨가 맺힌다. 씨를 함부로 건드리면 그냥 흩어져 날아가 버린다. 씨 줄기를 곱게 잘라 씨를 모은다.

모판에 고운 흙을 채우고, 모판 하나에 엉겅퀴 씨 2개씩 넣고는 흙을 살짝 덮는다. 매일 아침저녁으로 고운 물을 주면 2주 만에 예쁜 싹이 터 오른다. 한 뼘 정도 자란 뒤에 준비해 놓은 밭에 옮겨 심는다. 옮겨 심은 뒤엔 멋대로 자라도록 내버려둔다.

엉겅퀴는 제 터에서 제멋대로 씩씩하게 자란다.

엉겅퀴 농장 3

새 세상이 열리면 모두가 초록이다
보이는 모든 색은 아름답다
새로 나오는 풀들을 손바닥으로 쓸어본다
손바닥을 스쳐 가는 모두가 아름답다
내가 뿌린 씨의 싹이 가장 아름답다
바라보고 만져보니 정말 아름답다

냉이꽃

눈(雪)이 차라리 포근하였다
매서운 바람을 눈으로 피했다
차가운 눈 밑에서 웅크리고 살아남아
작고 낮은 풀들이 긴 목 뽑아 꽃을 피운다

파란 달빛 아래 하얀 꽃 자욱하다
사랑하려면 작아야 하고 지켜내려면 모여야 한다
꽃이 모여 밭을 이룬다
같이 바라볼 것이 있어,
모두의 세상을 이룬다.

옥수수

삶은 깨어 있는 동안이다.

깨어 있지 않는 동안은 잠이라 한다.

옥수수는 밤에도 자지 않는다.

일 년 동안에 십 년을 살아온 나무만큼 살아낸다

살아낸 크기보다 의미가 더 소중해지면서

깊은 잠에 빠져든다

갈아엎기

뒤집어엎어 버린다
시간을 두고, 흙을 돋우며, 물을 주고
햇볕을 주며, 바람을 가두고, 거름을 넣고
가지를 치며, 못된 덩굴들 거두며 지지목을 세웠다

일은 많이 하였으나 모두가 후회스럽고 아쉬울 뿐
뿌리가 얕으니 줄기를 잡아주는 힘이 없어
바람 불면 쓰러지고 뒤엉키며 난잡하다

돌이킬 수 없는 것은 시간
더 이상 시간을 들일 수는 없다
길들일 수 없는 야만은, 황무지로 보낸다

시간은 멈추지 마라 이 순간도 지나가리라
땅에는 흙과 물과 빛이 있으니 다시 시작하기로 한다
땅을 뒤집어엎는다

시간의 가치는 움직이는 것

움직이기 위해서 다시 시작한다

산자나무가 쓰러진다

삶의 일부가 무너진다

시간은 무너져 사라져도, 몸은 남아 움직이리라

잡초

여리고 맑고 고운 나팔꽃
들깨밭에 드니
잡초로 되었다

입동(入冬)

어깨를 스쳐 가는 손길이 있어
돌아보니 먼저 가는 낙엽이었다

첫눈

울긋불긋 사연도 많더니
온통 하얗게 덮여 버렸다

황도(黃桃)

얇은 껍질을 벗겨내니 향긋한 향기 자욱하다
나의 껍질이 벗겨지면 어떤 냄새가 날까

돌탑 쌓기

가치 없는 일의 의미
의미 없는 일의 가치

노을

빛의 속살을 보여주고는
황급히 닫아버린다

꺾꽂이

　겨울이 빨리 끝난다. 꽃을 빨리 피워야 하는 나무들은 마음이 급하다. 물 빨아올리는 소리가 들린다.

　라일락과 개나리 줄기를 잘랐다. 새끼손가락 굵기의 줄기를 두 뼘 정도의 길이로 잘라 물통 물에 담아 놓고, 윗부분에 파란 끈을 묶어 둔다.
　곡괭이 뿔로 흙을 콕 찍는다. 한 뼘 정도의 깊숙한 구멍이 열린다. 주전자로 구멍에 물을 부어 넣고 잘라 놓은 개나리 줄기를 집어넣는다. 부지깽이도 흙에 꽂으면 움을 틔운다.

　잡초가 많이 자라는 둔덕을 선택해서, 햇볕이 잘 드는 부드러운 흙에 곡괭이 뿔로 콕 찍어 구멍을 낸다. 준비한 개나리, 라일락 줄기를 한 뼘 정도 구멍 안으로 밀어 넣고 한 컵 정도의 물을 흘려 넣는다. 흙을 반듯하게 골라주어 물이 잘 고이도록 한다.
　라일락 개나리들을 어울리게 배치해 놓으니 파란 끈 리본이 예쁘다. 잡초들을 잘 이겨낼 듯 씩씩하다.
　유치원에 모여든 아이들 같다.

잣나무 숲

저마다 살아남기 위해 안간힘이다
눕는 도토리나무
휘는 소나무
휘감아 오르는 칡넝쿨들로 여러 가지이다

곧추서는 잣나무들을 심는다
하늘을 바라고 곧추서는 잣나무
적정거리 유지가 필수

냉이

작은 꽃이 바지런하다
남들 깨어나기 전에 빨리 움직여야지
덩치도 작은 놈이 게으르기까지 하면
언제 차례가 오겠는가

시작은 소프라노로
왈츠풍으로
빠르게

눈이 채 녹지도 않은
언덕 곳곳에서 노래한다
톡톡 튀어 오르며 즐겁게 춤을 추자
즐거운 노래를 재재거리자

해바라기

가을에 해바라기씨 한 알 선물 받았다

유치원에서 키워낸 해바라기

냉이꽃 필 무렵 해바라기씨를 심자

흙을 긁고, 씨를 넣고, 다독이고, 물을 흘려 넣고

어린 손의 기억도 담아 넣고

새로운 세상이 태어나겠다

칸나

사랑하기가 쉽다 사랑받기보다는
가장 아름다운 소리는 아기 울음소리,
가장 아름다운 모습은 땅을 뚫고 나오는 새싹

맨드라미

깊은 속 안에 간직한다

맨드러운 손의 기억

겨울 열매

눈이 곱게 쌓였다

산자나무 머리에, 어깨에

눈꽃이 소복소복 피었다

눈을 맞던 산자나무가 푸르르 몸을 떤다

수확을 포기한 열매들이 흰 눈 사이에서 붉게 빛난다

쌓인 눈을 감당치 못한 가지 하나가 툭 꺾인다

힘들어서 재미있었다고

늙은 호박

늙은 호박 하나 남아 해맞이하고 있다
옳고 그름이 아니었고
맞고 틀리고도 아니었다
이만큼 늙기가 얼마나 힘든데

고구마

조금씩 천천히 알아진다 대번에 알아지는 것은 없다
조금씩 조금씩 자라난다 뒤로 향하는 것은 없다
삶은 잘못의 힘으로 나아간다
그래서 통통한 고구마가 남는다

그들의 삶

냉이, 씀바귀, 쑥, 민들레, 구절초
며느리배꼽, 가는잎털냉이, 애기수염
칸나, 해바라기, 영산홍, 산자
고추, 감자, 배추, 무, 고구마, 옥수수
단풍돼지풀, 도깨비가지, 등골나물
미역취, 금혼초, 쑥부쟁이, 자리공
도토리, 상수리, 밤
고양이, 개, 고라니, 노루, 멧돼지
닭, 꿩, 까치, 멧비둘기, 까마귀

모두가 제각기 열심히 살고 있다

헌
집

헌집

거미가 천장 구석에서 아래를 보고 있다. 거미 같은 주름 이마를 가진 늙은이가 들어오다, 거미줄같이 가늘게 희고 부드러운 머리카락이 거미집과 만났다. 고개를 들어 위를 보다가 서로의 눈이 마주치자 흠칫한다.

거미가 몇 대를 복제해 오는 동안, 많은 사람이 이 집의 주인 노릇을 했지만, 이곳은 거미의 집이다. 애초에 젊은 내외가 들어와 작은 오두막으로 화전을 일구다 사라진 자리에, 철광 노동자 여럿이 번갈아 가며 살다 사라진 뒤엔, 홀아비 하나 아들을 데리고 와 염소를 기르며 살기도 했다. 염소치기가 떠난 자리에 알코올 중독 할머니 한 분이 살다 떠난 이후론, 거미 혼자 이 집을 지키고 있었다.

거미 조상은, 숨어 살던 젊은 내외가 맨땅에 귀틀집을 거적으로 덮을 때 그 구석에 집을 지었고, 철광 노동자들이 서로 번갈아 서까래를 올리며 흙 담을 치고, 방을 들이기도 하며 집 꼴을 갖춤에 따라, 집구석을 옮겨 다녔다. 염소치기 아들의 심심풀이가 되어주기도 하였고, 소주병을 끼고 살던 할머니의 넋두리를 다 들어주었다. 만취한

할머니의 넋두리를 들어주는 것은 만만치 않은 일이었다.

거미는 스쳐 지나간 사람들의 이야기를 다 들어주었고, 그 이야기는 그대로 거미의 몸에 녹아들었다. 이른 봄에 올라와 귀틀집을 짓고 화전을 일구다 채 겨울을 다 넘기지 못하고 내려간 젊은 연인들의 사랑도 지켜보았고 멀리서 모여들어 서로서로 의지하며 다투던 광부들의 분노도 느꼈다. 거미의 몸에 녹아든 이야기들은, 가늘고 길게 흘러나와 줄이 되었다.

깨어 있는 동안을 삶이라 하고, 자고 있는 동안은 잠이라 한다. 거미는 거의 매일을 잠만 잤다. 깨어 있는 삶은 잠과 잠 사이에 잠깐이었다. 거미의 뱃속에서 흘러나온 줄은 거미의 감각기관이다. 거미는 줄을 통해 소리를 듣고, 바람을 느끼고, 슬픔을 보았다. 거미의 집은 거미의 몸이었다. 거미는 자다가 잠깐 깨어나 살았다.

많은 이야기가 스쳐 지나갔다. 집을 시작하고 화전을 일구던 내외는, 한겨울이 채 지나기도 전에 네 명의 남자들이 몰려와 여인을 끌고 가 버렸다. 남겨진 사내는 등에 맞은 몽둥이 상처가 아물도록 웅크리고 앓다가 집을 버리고 떠났다. 집을 꾸미고 늘리던 광부들은, 서로 아옹다옹 다투며 살다 폐광이 되자 모두 떠났다.

광부들이 떠난 자리에 홀아비 염소치기가 아들 하나 데리고 들어와 살았다. 염소치기가 어렵사리 여인네를 한 명 데려와 살게 되었는데, 7살 아들이 한사코 여인의 가슴을 더듬자 여인이 먼저 떠나고 염소치기와 아들도 따라 떠났다.

염소치기가 떠난 자리에 환갑이 넘은 여인이 들어왔다. 어부의 딸로 자라다 행상의 처로 아들 둘을 기르다 쫓겨나, 이곳을 거처로 하였다. 젊은 날부터 의지해 온 소주가 그녀를 살리고, 그녀는 매일을 소주처럼 살았다. 거미는 그녀의 험한 사연을 다 들어주었고 그녀의 편을 들어 주었다. 그녀의 몸은 소주로 꽉 차 있어서 한 잔만 들어가도 만취가 되었는데, 한 번에 두 병을 마시고는 영영 깨어나지 못하였다. 그녀가 거적에 싸여 나간 이후로, 거미 혼자 집을 지키고 있었다.

거미에게 많은 이야기가 들어왔다. 가슴에 쌓인 이야기와 배에 고인 사연들은 잘록한 허리로 소통하였다. 허리는 긴 복도처럼 지루하였으나 결국은 서로 만나고 섞이고 녹아 고였다. 거미가 입을 앙 벌리고 울어도 보았지만, 울음은 가늘고 희고 투명한 슬픔으로 비어져 나왔다. 많은 생명이 투명한 슬픔의 그물에 걸려 헤어 나오지 못하였다. 벌레들이 그물에서 벗어나지 못해 파드득거릴 때마다 거미의 얼굴에는 슬픈 주름이 늘어 갔다.

　지붕은 거적으로 시작되었다. 거적은 비와 눈을 제대로 막아주지 못하였고 바람이 거세지면 뒤집히어 안의 살림이 그대로 드러나곤 하였다. 너와를 쪼개어 얹어 보아도 추위를 막아주지 못하였다. 너와 위에 초가이엉을 얹어 보니 방풍도 되고 보온도 되어 만족스러웠다. 해마다 가을이면 이엉을 얹어주니 참새들의 풍성한 보금자리가 되었다.
　어느 날 지붕개량 사업이라 하며 초가를 슬레이트 지붕으로 바꾸었다. 슬레이트로 바뀐 지붕은 산뜻하고 깔끔하였으나, 참새들은 좋은 집을 잃었다 수십 년을 지나고 보니, 슬레이트는 석면으로 만들고, 석면은 인체에 해로우며 암을 유발하니, 제거하여 흙 속에 깊게 묻어야 한다. 석면을 제거하고, 두툼한 스티로폼 보온재를 싸고 있는 패널로 지붕을 바꿨다. 깔끔은 한데 정이 가지는 않는다. 눈, 비, 바람이 집안에 들지 못하도록 애를 쓴다.

　거미는 집안 제자리에 그대로 있었다. 벽을 하거나, 지붕을 하거나 잠시 자리를 조금 옮기기는 했어도 그 집에 대한 권리를 포기하거나 양보할 생각은 없었다. 많은 이야기들이 거미에게 쌓인다. 거미는 쌓인 이야기들을 풀어낸다. 이야기는 맑고 투명한 가는 실로 풀려 나온다. 거미가 투명하여 더 슬픈 실을 날린다. 실은 바람을 타고 멀리 날다 건너편 기둥에 걸렸다. 거미는 가는 실을 타고 기둥으로 건너가면서 투명하고 가는 실을 얹어 서까래 줄을 만든다. 방사형으로 만든 서까래 줄을 연결하면서 집을 짠다. 집은 바람은 잘 지나다니나 작은 벌레는 지나가지 못할 정도로 촘촘하게 짓는다.

거미 같은 이마를 가진 늙은이가 거미에게로 다가왔다. 거미는 그의 얼굴에 그물 집을 확 던져 덮었다. 서로 빤히 마주 보았다. 거미는 눈길을 피하지 않는다. 꼼짝도 않고 웅크리고 있다. 노인과 거미는 한참을 마주 보고 있었다. 노인의 흰머리와 거미의 몸에서 나온 투명한 실이 엉켰다. 거미줄은, 서로의 이야기와 감성과 기분까지도 섬세하게 전달하는 역할을 해주었다 거미가 들었던 이야기들이 노인에게 전해지고, 노인이 겪어온 삶이 거미에게 전해진다.

거미는 자기가 뽑아낸 실에 매달려 땅 위로 내려오기도 하나, 대체적으로 천장 한구석에 가만히 웅크리고 있다. 때로는 실을 바람에 실어 멀리 보내기도 하였지만, 아무도 보지 않고 알지 못한다. 실을 잣고 짠다. 천장 모퉁이 구석에서 팔을 쫙 벌리듯이 삿갓서까래를 치고 그 사이를 오가며 그물을 짓는다. 그물은 성글지도 촘촘하지도 않아 바람만 빠져 다닌다.

바람이 지나간 자리에 바람을 타고 오던 나비가 걸렸다. 바람보다 자유롭던 나비이다. 아름다운 날개를 뽐내던 호랑나비, 자랑스러운 날개가 움직여지지 않으니 꿈이 묶였다. 묶인 꿈이 실을 타고 거미에게 간다. 거미는 언제나 꿈을 꾼다. 나비의 꿈이 거미의 꿈에 들어간다. 거미는 나비의 꿈을 묶는다. 꿈을 마신다. 파랗고 빨갛고 찬란한 꿈을 잡기 위해 거미는 햇빛 속에 집을 지었다.

꿈은 동굴 속에서 자란다. 벽이 파랗게 번들거리는, 어린 날 자주 들르던 익숙한 동굴이다. 동굴의 바닥엔 삶이 사라진 주검이 뒹굴고, 웅웅거리는 소리는 웃음 같기도, 울음 같기도 하였다. 거미는 웃음 같은, 울음 같은 노래를 부른다. 노래는 거미를 달래주어 잠들게 한다. 거미는 거미줄에 발을 얹은 채로 노래를 하며 꿈을 꾼다. 노래는 노인의 머리로 전달되고 가슴을 건너 노인의 노래가 된다. 노인의 노래는 바람이 되어 앞산으로 뻗어 나간다.

거미의 집에 주검이 쌓인다. 바람 따라 날아온 벌, 나비, 잠자리들이 바람처럼 빠져나가질 못하고 거미의 집에 걸렸다. 지나간 일들 모두가 후회이다. 피해 가지 못한 일이 아픔이다. 회한과 자책이 쌓이면서 집이 망가져 간다. 존재의 욕망만큼 소멸의 유혹도 강렬하다. 사는 것보다 죽는 것이 더 쉽고 편하다. 거미는 낡은 집을 버리기로 한다.

노인의 머리로 거미가 온다. 등을 타고 내려가 꼬리뼈 틈 척수로 들어간다. 척수로 올라가 뇌로, 가슴으로 내려와 마음으로 든다. 노인은 거미의 집이 되었다. 거미는 노인의 혼이 되었다. 노인은 화전민의, 광부의, 염소치기의, 알코올 중독 할머니의 집이 되었고, 거미는 그들의 혼령이 되었다.

노인이 벽을 부순다. 말랐지만 강인한 가슴이다. 살이 살아 있다. 사는 것은 살이다. 해머로 칠 때마다 가슴살이 푸르르 푸르르 떨린다. 살이 움직여야 사는 것이다. 삶의 목적은 삶 자체이다. 사는 것이 죽기보다 힘들다. 벽을 치며 뼈를 추린다. 부딪치는 살과 살 사이에서 불꽃이 튄다. 불꽃이 삶에 붙어 불을 지핀다. 오래된 들보와 기둥과 서까래를 추려 타오르는 불에 넣는다. 낡은 목재를 맞은 불은 더욱 기가 나서 파랗게 높이 타오른다.

불은 3일 밤낮을 타올랐다. 단단하던 기둥이 하얗게 사위었다. 파삭한 재만 남았다. 눈이 내린다. 숨어 있던 불씨가 피시시 사위어 든다. 물은 물(物)을 생성하고 불은 물(物)을 환원한다. 존재의 전이는 기적이다. 탄생도 소멸도 축제이다.

혼백이 나간 몸은 유기물이다. 물이 빠진 몸은 무기 석회이다. 하얗게 남은 뼈를 곱게 빻는다. 고운 화선지에 싸서 단지에 넣는다. 흙에 묻고 꽁꽁 다진다. 삭아진 노인과 거미는 사흘 만에 글이 되었다.

내려앉은 집 위로 눈이 쌓인다.

땅에게 드리는 하늘의 기도.

돌아가는 길

돌아오는 길

너는 너의 길로 돌아가고, 나는 나의 길을 돌아온다
나를 끌고 오는 힘은 앞선 자의 뒷모습

길은 뒤로 밀려가고, 시간은 앞으로 뻗어가서
멀어질수록 아름다우니

가는 너는 벗은 몸이 아쉽겠지만
남은 나는 벗어난 네가 그립구나

몸을 떠난 네가
내 몸으로 오면
나 또한 몸을 남기고 사라지리니

거처를 잃고 하늘에 남아
퍼지는 연기구름
탈진(脫盡)의 쾌감(快感)을 얻도록

면도

껍질이 묻어난다. 손가락 사이로, 손바닥에서 끈적이는 살, 단단한 앞이마 두개골을 만져보고, 양 코 날개를 쓸어보고, 하악골을 받쳐서 양 측두 하악 관절을 움직이며 아래위 이를 딱딱 소리 나게 부딪쳐 본다.

손으로 얼굴을 더듬어 살펴본다. 손으로 만져 살핀다는 것은 익숙하면서도 낯선 일, 얼마 만일까 목의 주름을 쓸어보며 당겨 늘려보기도 하고, 갈비뼈들의 울퉁불퉁한 늑간(肋間)을 훑어보다가는 뱃살을 움켜쥐며 두께를 가늠해 본다.

아랫배를 집어넣고 양손의 중지 환지로 움켜쥐다가 꿀렁꿀렁 흔들어 대장을 눌러보고, 소장을 흔들며 위를 깊숙이 쓸어보다 가슴으로 들어간다. 가슴은 단단하게 방어되어 있어서 누르거나 흔들어 볼 수가 없다.

가슴은 텅 빈 나락(奈落)이다. 가슴으로 들어간 마음이 자꾸자꾸 시간을 거슬러 들어간다. 텅 비어 있을 것 같던 가슴에서 무엇인가 자꾸 걸려 나온다. 아무것도 없던 가슴속에 끈적한 퇴적물들이 그득해서 더 이상 들어갈 수가 없다. 억지로 퇴적물을 걷어내며 들어가니 썩는 냄새가 그득하다.

눈을 뜬다. 거울을 본다. 깔끔하게 면도하고 머리를 감고 다시 나를 본다. 상냥하게 웃으며 인사한다. 나를 만져 볼 수 있으니 정말 다행이다.

산정 폭포

폭포처럼 다가왔다 안개처럼 스러져간 사람

불꽃처럼 타오르다 얼음처럼 녹아내린 사랑

물은 흘러내리고, 미움도 녹으면 흘러내린다

흘러 고인 물이 넘쳐흐른다 슬픔도 고이면 흘러넘친다

넘친 물이 떨어진다 가슴에 고인 물도 눈에 고인 물도

넘치면 떨어진다

추락은 항상 아득하다

미친 물

물은 흙 속으로 숨어들고
꿈은 하늘로 피어오른다
꿈을 꾸는 몸이 하늘을 날다 땅을 보며 엉긴다
스쳐 지나다가도 되돌아와 크게 엉긴다
엉긴 몸은 거대하고 시커멓다

쫙 찢으면
번쩍! 순간 빛나지만
본 것은 없다

투명한 옥색
꿈이 몸을 버린다
파란 하늘엔 아무것도 아닌 것만 가득하다
버려진 몸이 땅으로 떨어진다

넋이 나간 몸이 굵은 비를 맞으며 간다
꿈을 찾는 몸은
미쳤다

지갑

우울하다.

분명히 어제까지 썼는데, 오늘 쓰려니 없다.

가방을 뒤져도 없고, 차 안을 뒤져도 없고, 운전석, 옷장, 책상 서랍, 수납장, 최근에 입던 바지, 상의 호주머니, 신발장까지 뒤져도 간 곳이 없다. 평소에 다니는 길을 살펴보기도 하고, 쓰레기통, 빨래통까지 뒤졌지만 흔적이 없다. 짜증이 난다.

돈도 돈이지만, 카드도 있고, 수표로 바꿔서 감춰 놓은 비상금도 고스란히 사라져 버렸다. 차라리 적당한 곳에 기부라도 해버릴걸. 급속히 감퇴하는 내 기억력이 슬프고 우울하다. 재차 삼차 되풀이 뒤져 보아도 종적이 없다.

시 동인 모임에 가려고 전철을 탔다. 오랫동안 읽지 않고 젖혀두었던 시집 생각이 났다. 가방 바닥에서 시집을 꺼내는데, 시집 밑에 지갑이 있다. 밤 전철이 환해지며, 사람들이 모두 아름다웠다.

수박

손자 생일을 할머니 집에서 하겠다고 몰려온다. 밭에 가서 수박을 따 오는 것은 할아버지의 몫이라, 가까운 마트에 가서 수박을 고른다.

꼭지가 싱싱하고 오목하고, 푸른 무늬의 색이 짙고 선명하며, 손바닥으로 두들겨 보아 탕탕 탄력 있는 공명이 있고, 들어 올렸을 때 크기에 비해 가벼운 듯한 느낌이 나며, 양손으로 지긋이 눌러보니 껍질이 얇아 찌지직 하는 감촉이 있다. 오랜 경험으로 미루어 틀림없이 잘 익어 맛있는 수박으로 판단되었다.

저녁을 먹고 생일 축하를 한 뒤에 수박을 먹을 차례다. 기대에 차 자신만만하게 수박에 칼을 대니 그냥 짝 갈라져 버린다. 안이 휑하다. 너무 농익어 수박이 곯았다. 홧김에 수박을 집어 던지니 박살이 났다.

할머니가 수박 속을 걷어 설탕물에 얼음을 띄우니 훌륭한 화채가 되었다.
수박을 그렇게 집어 던질 일만은 아니었다.

백내장

　요즈음 얼굴이 깨끗해졌다. 근래에 할머니 화장대를 사용하기 시작하면서 살짝살짝 몰래 찍어 바른 로션들이 효과를 보나 보다. 짙어지던 검버섯이 흐려지고, 얼굴 가득하던 점들도 옅어졌다. 젊어진 것 같아서 기분이 좋다.

　석양 무렵 어둑해질 무렵이면 나무들이 흐릿하게 보이기도 하고 두 개로 흩어져 보이기도 한다. 문자 메시지 글씨가 커지고, 컴퓨터 글꼴 크기가 커졌다.

　안과엘 갔더니, 백내장이 진행되고 있다 한다. 백내장 안경을 새로 맞춰 써보니, 흐리던 검버섯이 짙어지고, 점들도 또렷해졌다. 스스로도 놀랄 정도로 얼굴이 지저분하다. 잘 안 보일 때가 더 좋았던 것 같다.

　눈은 자꾸 흐려지는데, 마음엔 안 보이던 것이 더 잘 보인다.

미안수(美顔水)

평소에 피부 관리를 하지 않는 편이어서 그 흔한 로션 하나 없다. 마누라 화장대를 보니 별의별 로션들이 많기도 하다. 그중 가장 고급스러워 보이는 로션을 발라보니 얼굴이 대번에 팽팽해지는 느낌이 좋다.

살곰살곰 바르기를 한 달여, 얼굴이 팽팽해지면서 볼그레해지는 것이, 좋긴 좋은 로션인가 보다. 정성껏 꾸준히 바르다 보니 한 병 가득하던 로션이 다되어 간다.

어느 날 로션을 바르고 있는 나를 본 마누라가 화들짝 놀란다. 얼굴에 바르는 미안수가 아니라 머리카락 관리액을 얼굴에 바르고 있단다. 얘기를 듣고 병에 설명서를 보려니 깨알 같은 글씨를 다 알아보기 힘들고, 탄력, 윤택이라는 설명만 보인다. 얼마간 부작용으로 얼굴이 피부염으로 뻣뻣하고 붉어졌다.

피부염을 관리하느라 고생한 것도 억울하지만, 얼굴에 잔주름이 바짝 늘어나 쪼글거린다.

그림자 밟기

　손자 손녀와 오랜만에 산길을 간다. 환한 보름달에 산길이 하얗게 빛나며 그림자가 선명하다. 손녀의 머리 그림자를 콱 밟으니 깜짝 놀라 도망가다, 내 머리 그림자를 밟았다. 내가 머리를 감싸안으며 아픈 시늉을 하자, 깔깔거리며 따라와 내 그림자를 쾅쾅 밟는다. 얼른 빠져나와 서로의 그림자를 찾아 밟는다.

　그림자 그림자 스며있는 그림자
　빛의 그림자 그늘의 그림자 어둠의 그림자

　머리, 머리, 머리
　밟아도 밟아도 벗어나는 너는
　내 그림자

　가슴, 가슴, 가슴
　아무리 밟아도 싱싱한 너는
　내 마음

움직임

근육과 근육이 서로 비켜 움직인다는
근섬유와 근섬유가 서로 당기고 늘어진다는
마이오신과 액틴이 서로 옮겨 미끄러진다는
절묘함

손가락이, 발가락이,
몸이
마음대로 움직인다는
기쁨

몸이 움직이면
마음이 편안해진다
할 만큼은 했다는
위로

마음먹은 대로 몸이 움직이는 것은
뜻을 이루는 기쁨

기적

내 발이 내 뜻대로 걸어지는 일

내 손이 내 마음대로 움직이는 일

내 마음이 내 느낌대로 정해지는 일

내 느낌이 내 영혼을 따라가는 일들

모두가 기적

기쁨

행복

땀이 흐르도록 몸을 쓰는 것이

축복

새끼발가락

나름 고생 많이 했다

덩치도 작은 것이,
큰 것들에 치이고, 구두 벽에 밀리며
틀리고 찌들어도
제 몫은 해 보겠노라고
흔적기관만으로 남지는 않으려
그래도 열심히는 살았다

못난이 새끼발가락
지구를 떠받치고 있다

심박(心搏)

툭 툭 툭 툭
차고 있는 발이 있다
깊은 곳에서
재촉하는 소리

지금 바로 바로 지금

치매 위한 노래

정신 차려
하릴없는 일들은 사라지고
때가 오고 있어
깨어 있어야지

하나는 붙들어
쓰러진 너를
세워주던 노래
부르던 날을 기억해
일어서

서○자

82세 여자; 치매, 우울증, 행동 장애, 섭식 장애.

목이 아프다 쓰리듯, 뻐근하듯, 목젖이 내려앉았다. 혀도 아프다. 쓰라리고 뻐근하고 뻣뻣하게 혀가 아프다. 음식을 씹을 수가 없다. 씹어 삼킬 수도 없다.

굶는다. 먹을 수가 없어 굶는다. 먹을 생각이 없어, 씹을 수도 없고 삼킬 수도 없으니 그냥 굶는다. 배가 고프지도 않다. 고파도 먹고 싶지 않다.

어젯밤에도 다녀갔다. 보기에는 멀쩡한 그 남자, 잘생기기까지 했다. 왜 그러는지도 모르게 화를 내던, 화가 나지 않아도 쥐어패던, 지긋지긋하기만 하던 그 남자, 또 다녀갔다.

해가 뜨면 몽롱하고 해가 지면 또렷하다. 오늘 밤에도 나타나겠지. 지겹고 두렵고 기다려진다.

도망가야지. 사라져야지. 안 먹으면 사라지겠지. 먹고 싶지도 않다.

잠은 삶이 아니다. 깨어 있지 않으면 삶도 없다. 살지 않는 동안에도 시간은 간다. 잠시 눈을 붙였을 뿐인데, 그나마 남아 있던 삶이 다 사라졌다.

삶은 참 순식간이다.

부고(訃告)

없던 것이
몸과 이름을
이루기에
죄와 업을 쌓았다

이제 이에 벗어나니
연기(煙氣)보다 허허롭다

혼은,
몸과 삶을 떠나
없던 것으로 돌아가니
벗어 던진 허물을
너무 허물 마시게

수목장

오랜 세월 오르내리던 산길, 옛 화전민의 밭 끝
다리가 노곤해진다 이쯤이 좋겠다
크게 자란 꾸지뽕나무 그림자도 닿지 않는 곳
따뜻한 햇살 아래 걸터앉을 돌의자
등받이에 낙서 하나 남겨도 좋겠다
힘은 들었지만 즐거웠었다
같이 있어서 행복했었다

앞서가는 사람

밤사이에 무슨 일이 있었나 보다
조용하던 나무가 왁자지껄하다
밤길에 누군가 다녀갔나 보다
침울하던 나무가 환해졌다

벚꽃 모여 야단법석인데
혼자 가는 사람 있다
입을 크게 벌려 공기를 먹다
흐느끼던 가슴 푹 꺼져 내린다

오는 길도 험했지만
가는 길도 힘들다고
벚꽃 환한 길 따라
고개 숙이고 혼자 간다

뒷짐 진 손끝으로
따라오라 손짓한다

몸은 가도 넋은 남아
너와 너와 너에게

시인의 목마름

(나오며)

1. 뜻

뜻은 마음이다. 스스로의 내부에서 우러나오는 의지나 경험의 심지(心志)이다. 견고한 삶을 살아가려면, 뜻이 견고하여야 한다.

뜻의 형성

뜻은 마음먹기 나름이다. 어떻게 그런 마음을 먹게 되었는지는 사람마다 다르다. 마음은 그 사람에게 축적되어 있는 내부 정보의 총화이다. 뜻은 말로 짜여짐으로 구체적인 실체가 된다.

뜻과 공부

사람은 각자의 뜻에 따라 자기의 삶을 꾸려나간다. 개체는 사는 동안 정보를 얻고 쌓기 위해서 노력하나, 자신의 삶은 시공간의 한계가 있기에, 다른 개체의 삶에서 축적된 정보를 받아들이는 방법도 있다. 이 과정이 공부다.

공부와 체험

가장 중요한 정보는 스스로 몸으로 주변과 부딪치면서 얻는 정보다. 대상을 알아가는 과정은 감각, 느낌, 생각, 감성, 논리, 철학, 상상 등의 인식 진화 과정을 거친다. 인간이 인식할 수 있는 범주는 인간의 이성보다 하위 범주이며, 이는 물질계에 한할 것이다.

공부는 외부의 지식과 경험을 받아들이는 과정이고, 많은 정보의 취합과 검증으로 오류가 적고 견고한 뜻을 형성하기 위한 것이다. 다른 사람들의 삶을 모두 공부하려면 한도 끝도 없기에, 공부한 만큼만 뜻에 보탠다. 나와 다른 사람의 의견이 같으면 나의 뜻에 힘이 생기고 확고해지며, 의견이 다르면 더 다양하고 넓은 뜻을 받아들일 수 있다.

자신의 생각을 확장하기 위하여 다른 사람의 생각을 받아들이는 과정이 필요하지만, 다른 사람의 생각에 자신의 생각이 휘둘려 지배당하지는 않도록 한다. 별로 공부해 보지도 않고 함부로 뜻을 세우는 것도 위태로운 일이나, 평생 공부만 하고 자기의 뜻을 가지지 못하는 것 또한 안타까운 일이다. 어느 시기가 되면, 자기 삶과 공부한 삶의 경험을 바탕으로 하는 정보들을 취합하여 스스로의 뜻으로 세우게 된다.

공부를 하는 것은 자기 자신만의 삶으로는 정보 축적에 한계를 가질 수밖에 없음을 알고, 다른 사람들의 삶에서 생성된 정보를 얻기 위한 것이니, 공부란 결핍 정보 충족 욕구 해소 행위이다.

2. 결핍

결핍이란 필요한 것이 없거나 모자라는 상태를 말한다. 필요한 것이 없으니, 이를 구하려는 욕구가 생긴다. 이 욕구를 충족시키기 위한 노력으로 행동을 하게 된다. 삶은 결핍·충족·욕구·해소·수행 과정이다.

결핍의 발생

우리의 삶을 '어떤 것이 물질로 드러나 여러 변화를 거친 후에 다시 물질이 아닌 것으로 돌아가는 과정'이라 하면, 이 과정을 겪어내는 데 필요한 요소들이 모자라는 상태가 결핍이다.

물질과 생명

무엇이 되려면 서로 다가가 엉겨야 하며, 다가가려면, 다가가려는 힘이 있어야 한다. 물질은 물질이 되도록 하는 힘이 필요하고, 힘이 힘의 구실을 하려면 방향(뜻)이 있어야 한다. 물질이 생명을 얻기 위해서는 생명을 이루도록 하는 뜻이 필요하다. 이 '되도록 하는 뜻'은 물질이 아니다.

물질은 엉김에서 시작된다. 무기물의 결합, 아미노산의 결합, 단백

질의 결합, 유전자의 결합, 조직의 결합 바탕은 가까이 가고자 하는 힘이다. 가까이 엉기려는 뜻을 '사랑'이라 이름하면, 물질은 사랑에서 비롯된다. 사랑의 현상은 물질이나, 사랑은 물질이 아니다.

사랑은 서로 다가가려는 뜻이다. 사랑의 근원은 결핍이다. 결핍을 충족시키고자 하는 욕구가 사랑이다. 물질을 이루는 데는 사랑이 필요하다. 물질에 뜻이 작용하며 생명이 부여되고 목적이 생긴다. 사랑으로 시작된 물질은 사랑의 확대 재생산을 목적으로 한다.

필요가 충족되지 않으면 결핍이 발생한다. 결핍이 있어 욕구가 생기고, 욕구가 충족되면 필요가 없어지며 서로 떨어지려 한다. 멀어지고자 하는 마음을 미움이라 한다.

수정 세포가 분열, 증식, 분화하면서 조직, 장기를 이루며 개체를 형성하는 과정에서 유전자는 뜻의 실현을 위하여 헌신한다. 개체의 삶은 물질에서 느낌, 감정, 정신, 감성, 영혼으로 진화하며 영성으로 다가간다.

생명의 유지, 삶, 항상성

생명을 유지하려면, 생체를 일정한 상태로 유지하여야 한다. 이를 항상성(恒常性, homeostasis)이라 한다. 조건이 넘치지도 모자라지도 않게 유지될 필요가 있다. 모자라면 이를 빨리 알아채고, 보충해 주어야 하고, 넘치면 적절히 배출시켜야 한다. 결핍과 충만의 정보로 사랑과 미움이 원활하게 조절되어야 한다. 이 조절 기능은 몸에서와 마찬가지로 정신에도 적용된다. 정신의 바탕은 몸이기에, 정신, 감정, 감성까지도 항상성을 유지하기 위하여 조절된다.

결핍(缺乏)의 인지, 전달, 유전

개체에게 어떠한 결핍이 생겼는지를 아는 데에는 '결핍 인지 정보'가 필요하다. 그 인지 정보는 개체의 삶 동안 스스로 겪어보고 얻는 정보뿐 아니라, 다른 개체의 삶에서 얻은 정보도 유용하며, 다른 개체의 정보에는 자기 선대의 삶에서 얻은 정보도 포함된다. 정보의 전달은 다른 개체의 정보를 마음으로 공부하는 방법도 있지만, 전혀 피동적으로, 운명적으로 몸(유전자)에서 몸으로 전달되는 정보도 있다. 동물적 생존 정보는 몸에서 몸으로 전달되고, 사회 문화적 생존 정보는 인식을 통한 공부로 전달된다.

인식은 몸의 신경 세포 전위차(電位差)에서 시작하여, 감각, 느낌, 감정, 이성, 감성의 진화를 거치나, 해소되지 않는 결핍 경험은 거꾸로 인식과 감성을 통해서 몸으로 저장된다. 마음과 정신을 통한 가르침, 공부는 의식을 통해 마음에서 몸으로 전달된다. 결핍 경험은, 각인, 체화(體化), 고착화를 거쳐, 몸을 통한 정보의 전달, 유전(遺傳)의 방법으로도 전달된다.

결핍의 종류

생명의 시작에는 물질이 아닌 뜻이 작용하였다 하더라도, 탄생한 생명은 물질이기에 생명의 발생과 유지, 성장에 물질이 필요하다. 정자와 난자가 결합된 생명체는 끊임없이 복제, 증식, 분열, 분화를 거듭하면서 물질의 축적을 이루어 간다. 이 물질 축적 과정을 이끄는 힘은 끊임없이 서로 당기거나 밀어내는 힘이다. 사랑과 미움의 순환이다.

결핍 정보 인지, 필요의 발생

이 과정에서 필요한 것들은 물질과 물질이 아닌 것들이며, 삶은 물질이며, 삶의 이전과 이후는 물질이 아닌 것이다. 삶은 물질이 아닌 힘에 의해서 생명으로 태어나 물질로 성장하며, 물질이 아닌 힘을 증폭한다. 물질로서의 삶을 이어가기 위해선 끊임없이 물질을 필요로 하며, 물질이 아닌 힘의 증폭을 위해서도 이 힘의 반복이 필요하다. 서로 당기고, 서로를 밀어내는, 사랑과 미움의 반복, 증폭(增幅)이다.

결핍의 힘; 삶을 끌어가는

삶은 주체의 뜻에 따라 살아지며, 뜻은 욕구에 의해, 욕구는 결핍에 의해 형성된다. 삶을 끌어가는 힘은 결핍 정보이다. 결핍 정보는 개체의 삶 동안 형성되기도 하고, 개체의 삶 이전에 선대로부터 전달되기도 한다. 삶 동안에 습득되는 정보는 의식을 통하여 들어와 체화(體化)되며, 삶 이전에 전달되는 정보는 몸(유전자)으로 들어와 의식화 이후에 보정 과정을 거쳐 다시 몸으로 저장된다.

의식으로 습득한 정보는 강한 표현력을 가진다. 정신 판단에 표현성 영향을 미치나, 몸으로 전달된 정보는 의식으로 드러나진 않더라도 몸의 판단을 지배하며 운명적이다. 의식으로 습득한 정보는 뇌 피질 표피층에 저장되어 쉽게 파악하고 사용할 수 있으나, 몸으로 전달된 정보는 몸 깊숙이 저장되어 있어 의식으로 파악하기 이전에 행위를 결정하거나, 의식화 이후 결정, 행위, 보정 과정을 거친 후에 다시 몸으로 저장된다.

행위의 힘

행위를 일으키는 뜻은, 자기 스스로의 삶에 바탕하는 내재적 힘이거나 주변 타인의 정보에 의지하는 외재적 힘에 의한다. 내재적 힘은 원시 형태의 힘이요, 외재적 힘은 문명 형태의 힘이라 할 수 있다. 원시의 힘은 스스로의 내부에서 뻗어 올라오는 힘이기에 강하나 융통성이 없고 효율적이지 못하며, 문명 형태의 힘은 외부 정보에 의한 것이기에 광범하고 효율적이나, 버텨내는 힘이 약하다.

3. 충족

결핍 충족 욕구, 행위, 충족

필요한 요소가 있으면 이를 보충하려는 욕구가 생기며, 개체는 이 욕구를 충족시키기 위한 행위를 한다. 행위의 결과로 욕구가 충족되면, 결핍이 해소되었음을 인지하고 욕구를 조절한다. 결핍이 충족되면 욕구가 약해지고, 다른 결핍을 찾아내지 못한다면 삶을 끌어가는 힘도 약해진다. 충만(充滿)되면 더 이상 노력할 필요도 없어져 무기력해진다.

충족될 수 있는 결핍, 충족될 수 없는 결핍

인식 가능한 결핍은 그 결핍 대상이 구체적이기에 행위를 통하여 획득하여 충족할 수 있으나, 결핍 대상 자체가 구체적이지 않고 인식할 수 없으며, 그 획득 방법조차 확실하지 않을 경우에는 결핍 충족 욕구를 해소하기 어려운 정신적 결핍이 된다.

왜곡된 결핍

단순한 물질적 결핍이 정신적 결핍으로 고착화되면, 구체적인 행위로 충족될 수 있던 욕구가 해소 방법을 잃는 경우도 있다. 해소 방법을 잃은 욕구는 구체적이지 않은 결핍감에 시달리며, 왜곡된 행위로 삶을 망쳐버리기도 한다.

충족되지 않은 결핍

물질적인 결핍은 인식 가능하며 구체적인 행위로 충족 가능하나, 정신적인 결핍은 대상도 모호한 경우가 많고 인식하기도 어려우며 구체적인 행위로 해소하기도 어렵다.

해소되지 않는 결핍 감성

행위를 발생시키지 못하거나, 행위로 결핍이 해소되지 못하거나, 결핍이 해소되었음을 인지하지 못하거나, 욕구가 적절히 조절되지 못한다면 욕구는 계속되며 충족되지 못한 불만이 쌓인다.

행위는 뜻에 의한 것이고, 뜻은 욕구에 의하여 유발되며, 욕구는 결핍 경험에 의한 것이기에 결핍 경험 자체에 혼란이 오면 욕구와 뜻에도 혼란이 오고, 적합한 행위를 선택할 수 없게 되어 해소되지 않는 결핍 감성에 시달리게 된다.

충족되지 않은 결핍의 영향, 몸, 정신, 영혼

충족되지 않는 몸의 물질 결핍 경험이, 정신과 성격에 영향을 미치며, 정신의 결핍 경험이 개체에 접속된 후에는 감성에까지 영향을 미친다. 물질의 결핍은 계량 가능하고 한계가 있기에, 인지 기능이 제대로 작동한다면, 충족 가능한 결핍이다. 감성은 계량 불가능한 존재로, 그 결핍 정도 또한 계량 불가하고 한계가 없기에 충족이 불가능한 결핍이 된다.

욕구의 발생, 충족

결핍을 해소하려는 의지가 욕구이다. 욕구는 개인적인 감성이며 개별적인 행동으로 충족된다. 욕구와 행위는 개인적인 것이라 하더라도, 욕구의 형성 과정과 행위의 이행 과정에서 타인의 힘을 빌릴 수 있다. 타인이 힘을 준다 하더라도, 개체를 움직이는 행위는 그 개체의 뜻에 의한다. 욕구의 발생과 충족 과정에서 갈등이 생기며, 이 갈등이 죄책감의 씨가 된다.

죄의식

모든 죄와 갈등은 인간관계에서 발생한다. 혼자인 인간은 아무런 갈등도 죄의식도 없다. 그러나 사람은 사람을 만나고 더불어 살아가야 하며, 이 문명사회를 유지하기 위한 인간관계에서 갈등과 죄의식이 발생한다. 성현들은 이 갈등이, 인간관계에서 피할 수 없는 윤회, 업보이니 이에 메이지 말고 벗어날 것과 인간 자체에는 아무런 죄가 없으니, 죄의식에서 벗어나 본연의 사람으로 살아갈 것을 가르친다.

삶의 목표

결핍이 있으면 이 결핍을 해소하기 위한 요소가 필요하다. 이 필요한 요소를 얻기 위한 목표를 향하는 방향이 설정되며, 삶의 방향이 정해진다. 방향이 동일한 힘은 목표에 이르는 데 도움이 되지만, 방향이 같지 않다고 무조건 배제한다면, 목표 수정이 불가능해진다. 삶의 방향은 여러 결핍 요소들의 복합적인 목표에 의해서 결정된다.

삶의 실체는 존재, 확장, 인식, 감성의 중첩 성장 과정이며, 이 과정에서 몸으로 전해지거나 경험으로 축적한 정보를 바탕으로 나름의 뜻을 세우는 것을 목표로 하며, 그 뜻의 전달로 완성된다. 이에 삶의 완성은 죽음이다.

충족, 만족, 행복, 가치

필요가 감소하거나 충족되기 쉽도록 욕구를 낮게 조절하면 만족도가 높아지겠지만, 만족한다고 행복한 것은 아니다. 만족감은 제한적이고 주관적인 감정이다. 만족하여 기쁜 감정은 주관적이나, 행복은 더 포괄적이고 객관적인 기준에 근거한다. 가치 있는 삶을 살았다고 평가되며, 객관적인 평가를 느낄 때에 행복해진다. 주관적인 만족감뿐 아니라, 객관적인 가치 평가가 행복의 조건이 된다.

자기의 가치는 타자에 의해서 객관적으로 평가된다. 타자에게 필요한 존재가 되는 것이 자기의 가치를 높이는 방법이다. 타자가 도움이 필요한 때에 그가 필요로 하는 것을 줄 수 있다면, 그는 타자에게 가치 있는 사람이 된다. 자신이 타자에게 필요한 존재임을 느낄 때에 기쁨을 느낀다. 이때의 자존감(自尊感)은 주관적인 것만이 아니라, 밖에서 안으로 들어오는 객관적인 감정에 의거한다.

삶의 결과

삶은 생명의 유지, 성장, 복제, 전달 과정이며, 이 과정에서 생기는 물질적 결핍의 욕구 충족 과정이다. 때로는 왜곡된 결핍 정보로 시달리는 경우도 있으나, 물질의 결핍 정보는 구체적으로 파악되며 해소될 수 있다.

삶에는 물질이 아닌 느낌, 정신, 감성들도 엄연히 존재하며, 이들은 몸에 바탕하는 것이기에 물질계에 속한다. 이 느낌, 정신, 감성들은 물질계의 외연에서 영혼으로 진화하며, 물질계의 경계에서 삶에 관여하고 영성을 맞으려 진화한다.

삶의 경험은 정보의 축적으로, 느낌, 감성, 정신의 단계를 거쳐 영혼으로 진화하며, 타인의 정보도 수용된다. 영혼은 그 삶의 결과이며 삶의 목적은 영혼의 형성이다.

영성(靈性)은 개체의 내부에서 생성되는 것이 아니고 외부에서 개체로 접근하는 것이기에, 본질적으로 필요로 하는 양이 정해진 것이 아니어서 결핍 정보도, 욕구도, 해소 의지도 없으나, 개체의 삶에 관

여되는 순간부터 결핍, 욕구, 의지, 행위 등 물질계의 속성(屬性)을
가진다.

정보 필요 감소

삶이 축적됨에 따라, 내부 정보가 축적되고 개체 필요 정보의 충만
상태에 이르면 정보 결핍 증상이 감소되고, 외부 정보 유입의 필요
욕구가 감소한다. 물질의 소모가 감소하고 외부 정보 유입 통로도 퇴
화하며 스스로의 뜻이 형성되고 고정되면, 정보 유입 필요도 감소하
며 삶의 의지도 약해진다.

물질 욕구 충족

정보 축적 필요가 감소하면, 욕구도 감소하며, 충족 행위가 감소한
다. 물질의 필요가 줄어들고, 에너지 소모도 줄어든다. 오히려 충족
과잉 회피 욕구가 증가한다. 외부 자극을 감지하는 시력, 청력, 인지
능력도 감퇴하며, 외부 정보 유입 통로가 퇴화함에 따라, 개체 본연
의 인식에만 몰입하게 된다.

평형 정지 상태

물질은 필요로 하는 양이 정해져 있어, 결핍 정보 또한 계량화할
수 있으며, 필요가 충족되면 욕구도 해소되고, 행위 의지도 소멸된

다. 그 상태를 개체 충족 가능 범위로 인정하고 받아들일 수밖에 없는 평형 정지 상태가 된다. 이 정지 항상(恒常) 상태에서 충만감을 느끼며 안정된다.

영혼의 생성 전달

영혼은 물질이 아니나, 물질에 기반하는 사람의 감각, 감성, 인식, 경험, 정신, 사유, 추상 등의 진화 결과이며, 물질계의 경계에서 승화한 결과이다. 삶의 목적은 영혼의 생성이기에 삶을 끊임없이 자극하고 '깨어 있도록' 하여야 한다. 영혼은 개체의 삶을 기억하고 공감하는 다른 삶의 정신으로 전달된다.

영혼의 존재

물질계의 삶이 마무리되고 몸의 기능이 끝나면, 몸에 바탕하던 느낌, 감각, 감정, 감성, 인식의 기능이 마무리되고, 몸에 바탕하던 정신은 영혼으로 진화하며 물질계를 벗어나, 그의 삶과 정신을 기억하며 공감하는 사람들의 정신의 경계로 다가가 다시 물질계로 접속하며 그들의 삶에 관여한다. 그러나 영혼은 물질에 의지하지 않는 존재이기에, 물질계에서 찾을 수는 없다.

영혼과 영성의 접속

평형 정지 항상 상태에 이르러, 주변의 개입을 차단하고 의식을 잠재우고, 논리의 외연을 벗어나, 감성과 영혼으로 자기 자신에게 몰두할 수 있을 때에야, 물질계의 밖에서 다가오는 영성(靈性)을 느끼고 받아들일 수 있다.

영혼의 영향

타인의 삶을 기억하며 공감하는 사람은 그 삶의 영혼을 받아들이며, 그 영성의 영향을 받은 삶은 간접 경험으로 개체의 정보에 축적되며, 정신과 인식과 감성으로 몸에 영향을 주며, 물질계로 들어와 유전자에까지 영향을 미치고 변화시킨다. 영혼은 비물질과 물질의 경계를 허물고 개체 간의 영성이 교류하도록 한다. 예술 행위에서 얻어지는 감성도 영혼의 형성에 관여하며, 궁극적으로는 물질(유전자)에 관여한다.

영혼의 결핍 증상

영혼은 애초에 필요한 양이 정해져 있지 않고, 욕구와 행위의 방편도 구체적이지 않기에 결핍 증상도 정해져 있는 것이 아니다. 영혼은 결핍을 계량할 수 없으며, 해결 행위가 없고 충족 한계가 없다. 영혼은 물질계의 판단을 벗어나는 존재이나, 개체의 삶과 접속하는 동안은 물질계의 속성을 가진다. 영혼이 영성에 접속하는 순간, 충족될 수 없는 결핍 감성이 생기며 활력이 생긴다. 이때의 활력은 몸의 활력이 아닌 영성을 맞이하는 영혼의 활력이다.

영혼 필요 증대

삶의 마무리 단계에선 생명 물질로 태어나 물질의 삶을 순환하다가 물질이 아닌 것으로 되돌아가는, 순환이 정지하고 평화로운 균형 상태에 든다. 다른 삶에서 받아들인 외부 정보와 몸으로 전해진 정보, 온몸으로 거친 삶에 부대끼면서 살아오면서 겪어온 개체의 정보가 잦아들면서, 밖에서 다가오는 영성의 존재를 알고 받아들일 때에, 그의 삶은 '모두 이루어진다'.

4. 충족될 수 없는 결핍

시의 자리, 시인의 자리

시의 자리는 물질에 바탕하나, 물질계의 외연에서 영적 세계를 탐색하는 곳이며, 시인의 자리는 영혼의 언어를 느끼고 받아들이며, 인간의 언어로 해석 치환하는 일이다.

신이라는 이름으로 인간화된 영적 세계는 물질계의 확장으로 외연에서 삶에 관여하는 신과 물질계의 밖에서 삶에 접근하는 영성이 있다. 물질에 근거하는 신은 인간 정신의 추정, 상상, 환상, 망상의 확장에 의한 신으로, 귀신이라 한다. 영성은 물질계 밖에서 물질계로 다가오는 실체로, 물질에 근거하지 않기에 인간 정신 영역, 인식 능력 범주를 벗어나 이름하기도 어려워, 그냥 '그는 그'일 뿐, 구체성은 개별적이다.

시인의 허기, 갈증

물질계의 순환 원리와 결핍 증상을 인간의 언어로 논리적으로 가르쳐 주는 위대한 철학자들, 스승들은 많았으나 물질계에 바탕하지 않는 영성은 인식으로 파악하고 설명할 수 있는 대상이 아니어서, 철학과 논리의 영역을 벗어난 시의 영역이다. 물질의 경계에서 영혼을 확장하여 영성을 맞으려는 노력이 '시 창작 행위'라 하면, 최초로 영성의 존재를 설파한 시인은 가난한 '목수의 아들'이었다.

물질계의 외연에서 감당할 수 없이 막막한 세계를 접하게 되는 시인의 정신은 충족될 수 없는 결핍을 느끼며, 해결될 수 없는 갈증을 체험한다. 영성에 접속하는 영혼을 체험하는 시인은 '목이 마르다'.

육체의 삶, 영혼의 삶

그 젊은 시인은, 현재의 삶은 물질적인 삶이며 이 삶 이후에 영성을 맞이하는 '때'가 있으니, 물질적인 삶은 유한한 것으로, 영혼이 영성과 접속하는 그 '때'를 준비하는 과정이라 하였다. 인식 불가능한 존재를 인식 영역으로 감지하고 이를 전달한 삶은 '모두가 이루어진' 삶이다.

물질의 삶은 거친 자극에 휘둘리며 아프다. 휘둘리며, 쓰러지며, 아파하면서, 스쳐 지나가는 영성의 기운을 모은다. 지쳐 쓰러진 후에 다시 일어날 수 있는 힘은 물질의 모태인 흙에서 나온다.

시고 매운 가시(酸刺)나무

흙을 밟고, 흙을 파서, 나무를 심고 기른다. 나무는 흙에 뿌리를 묻고 지나가는 바람에서, 햇빛에서, 빗물에서, 영성을 받아 단단한 가시에 모은다.

삶은 유한한 물질을 서로 빼앗고 차지하는 과정이다. 괴롭고 힘들며, 죄와 업(業)을 쌓는 과정이었다. 다행히도 그 시인은 원시 인간 본연은 아무 죄도 업(業)도 없었으나, 사회를 유지하기 위한 규준(規準)에서 죄가 비롯되는 것이니, 물질계의 죄는 모두 사(赦)해질 수 있다 하였다.

산자(酸刺) 농원

신이 가장 경계한 것은 인간이 인간을 경배하는 행위이다. 인간은 신이 만든 것을 경배하도록 요구된다. 신이 만든 것이 자연이다.

이제 몸의 노고로 영성을 구한다. 가시에서, 줄기에서, 움켜쥔 흙 속에서, 영성을 찾아 모으는 데에 전념한다.

흙을 밟고, 만지고, 나무를 기를 수 있어 다행이다. 삶은 힘이 들어 즐거웠고, 아파서 재미있었다. 부딪치는 몸, 흐르는 땀을 받아주는 흙이 있어 고맙다.

말랑말랑하던 생각들이 딱딱하게 굳었다. 다시 말랑말랑해질 수 있을지 모르겠다.

산자 농원

1판 1쇄 발행 2025년 4월 30일

저자 정준화

교정 신선미 **편집** 윤혜린 **마케팅·지원** 김혜지

펴낸곳 (주)하움출판사 **펴낸이** 문현광

이메일 haum1000@naver.com **홈페이지** haum.kr
블로그 blog.naver.com/haum1000 **인스타그램** @haum1007

ISBN 979-11-7374-018-3(03810)